Mathieu la ... à sa merci!

"Pour le compte ... qui agissez-vous?
L'homme au flash, c'est votre petit
ami?"

"Laissez-moi," supplia Déborah. "Vous
vous égarez."

"Pas le moins du monde, j'ai l'habitude
des maîtres chanteurs. Assez de
simagrées. Je paierai le prix qu'il
faudra pour ces photos. Mais avant, je
veux en avoir pour mon argent."

"Joignant le geste à la parole, il
l'embrassa à nouveau. "Je vous en
prie," balbutia-t-elle éperdue,
"lâchez-moi."

Ses yeux brillaient d'un éclat féroce.
"Il ne fallait pas tenter le diable."

NOUVEAU!

Pour fêter le retour du printemps, la collection Harlequin Romantique se pare d'une nouvelle couverture . . . plus belle, plus tendre, plus romantique!

Ne manquez pas les six nouveaux titres de la collection Harlequin Romantique!

POUR OUBLIER UN REVE

Charlotte Lamb

PARIS • MONTREAL • NEW YORK • TORONTO

Publié en avril 1983

©1982 Harlequin S.A. Traduit de *Illusion,*
©1981 Charlotte Lamb. Tous droits réservés. Sauf pour
des citations dans une critique, il est interdit de
reproduire ou d'utiliser cet ouvrage sous quelque forme
que ce soit, par des moyens mécaniques, électroniques
ou autres, connus présentement ou qui seraient inventés
à l'avenir, y compris la xérographie, la photocopie et
l'enregistrement, de même que les systèmes d'informatique,
sans la permission écrite de l'éditeur, Editions Harlequin,
225 Duncan Mill Road, Don Mills, Canada M3B 3K9.

Le présent récit étant une œuvre de pure fiction,
toute ressemblance avec des personnes vivantes ou décédées
serait due au seul hasard.

La marque déposée des Editions Harlequin,
consistant des mots Harlequin et Collection Harlequin,
et de l'image d'un arlequin, est protégée par les lois du
Canada et des Etats-Unis, ainsi que dans d'autres pays.

ISBN 0-373-49321-5

Dépôt légal 2ᵉ trimestre 1983
Bibliothèque nationale du Québec et Bibliothèque nationale
du Canada.

Imprimé au Canada—Printed in Canada

1

La nuit tombait lorsque Déborah se dirigea vers la sortie de l'hôtel. Comme tout bon Latin qui se respecte, le portier se précipita à sa rencontre avec le sourire appréciateur de celui qui sait reconnaître une jolie femme.

— Le dîner est à huit heures, Miss, ne l'oubliez pas !

Habitué à la clientèle étrangère, il parlait anglais avec une légère pointe d'accent américain.

— Je n'oublierai pas, c'est promis !

A vrai dire, elle n'avait rien absorbé depuis le matin et commençait à le ressentir. La nourriture dispensée dans les avions n'était guère de nature à réveiller un appétit défaillant... surtout lorsque, comme tel était son cas, on avait l'esprit complètement ailleurs ! Depuis son départ de Londres, elle n'avait cessé de bercer son chagrin. Aveugle à tout ce qui n'était pas sa douleur, elle avait traversé l'Europe sans s'en apercevoir.

Et maintenant, voilà qu'elle éprouvait le brusque besoin de sortir prendre l'air. Comme si l'inactivité forcée à laquelle elle avait été soumise tout au long de cette journée lui était soudain devenue insupportable. Et peut-être aussi dans le secret espoir de voir sa peine se dissiper un peu...

L'hôtel était situé en bordure de l'un de ces canaux si chers au cœur des touristes venus visiter Venise. Déborah s'engagea sur le quai réservé aux piétons. Pour elle, qui n'en était pourtant pas à son premier séjour, c'était toujours le même émerveillement. Déserte à cette heure, la ville se mirait dans ses eaux comme dans un miroir. Il y avait là quelque chose de féerique, et la jeune fille s'arrêta un instant pour goûter la profondeur du silence. Une brume épaisse nappait les édifices d'une lumière irréelle.

Un coup d'œil en arrière lui assura que l'hôtel était bien éclairé, et elle se remit en marche. Un peu plus loin, un pont enjambait le canal. Elle le traversa et s'arrêta au milieu pour admirer les chatoiements de l'eau sombre dont l'odeur lui rappelait étrangement celle de la Tamise les soirs d'hiver. En revenant du théâtre, Robert et elle s'arrêtaient souvent ainsi pour contempler le reflet des lampadaires victoriens dans l'eau.

Comme elle riait alors ! Car Robert avait le don de la faire rire, et elle était bien loin de se douter qu'il pourrait un jour la faire pleurer... Dans un sens, c'était mieux ainsi. A quoi bon savoir ce que l'avenir vous réservait ? A chaque jour suffisait sa peine, et il était bien temps de souffrir lorsque le malheur s'abattait sur vous.

Songeuse, elle gagna l'autre rive du canal. Robert n'avait jamais cherché à lui dissimuler sa véritable nature, bien au contraire ! « Ne me prends pas au sérieux », avait-il coutume de lui dire en riant. Mais, amoureuse comme elle l'était, elle n'avait pas tenu compte de son avertissement ; elle croyait à une plaisanterie. Pourtant, il ne manquait pas d'indices qui auraient dû la mettre en garde : Robert était terriblement séduisant et charmait tous ceux qui l'approchaient. A ses côtés, Déborah avait passé trois mois délicieux. Comme elle ne manquait pas d'humour, elle non plus, leurs rapports étaient ceux de deux compagnons qui ne peuvent plus se passer l'un de l'autre.

Et puis, un beau jour, elle avait appris qu'il voyait quelqu'un d'autre, et ce sens de l'humour dont elle était si fière l'avait brusquement désertée.

— Je t'avais bien dit de ne pas me prendre au sérieux ! avait-il avancé pour sa défense. Mais nous resterons bons amis, n'est-ce pas ?

— Bons amis ? avait-elle balbutié, stupéfaite.

Il avait baissé la tête. Le ton de la jeune fille avait dû faire resurgir en lui un flot de souvenirs qu'il pouvait difficilement nier. Lâchement, il s'était récrié :

— Mais, Deb, je ne t'avais rien promis, tu ne peux pas dire le contraire ! Et n'essaie pas de dresser des murs autour de moi, j'ai horreur de ça ! L'exclusivité me rend claustrophobe...

Après coup, Déborah s'était félicitée d'avoir eu assez d'orgueil pour partir la tête haute. Mais, sitôt rentrée chez elle, elle s'était écroulée en sanglots sur son lit. Et, loin de s'atténuer, la douleur était devenue de jour en jour plus lancinante. Comment faire pour oublier ? C'est alors qu'elle avait brusquement décidé de partir en vacances.

— A cette époque de l'année ? s'était exclamée sa sœur, une pointe de ressentiment dans la voix.

Andréa était mariée, mère de famille, et manifestement heureuse de l'être. Ce qui ne l'empêchait pas de considérer la liberté de sa cadette d'un œil maussade.

— Tu reviens à peine de Genève ! Quel besoin as-tu de repartir ?

Et de se lancer, sans attendre la réponse, dans une longue énumération des raisons qui auraient pu l'inciter, *elle*, à prendre des vacances. Mais Déborah, déjà, ne l'écoutait plus. A force de se l'entendre raconter à chacune de leurs rencontres, la vie de sa sœur n'avait plus de secrets pour elle...

Andréa était de quatre ans plus âgée qu'elle, et ce fait dominait toutes leurs relations. En vertu de son droit d'aînesse, celle-ci se croyait autorisée à régenter la vie de sa sœur comme lorsqu'elles étaient enfants.

— En fait, tu devrais te marier ! conclut-elle d'un ton

sans réplique qui amena un sourire crispé sur les lèvres de Déborah.

— Merci du conseil, mais je sais ce que j'ai à faire.

Mi-vexée, mi-surprise, sa sœur la considéra d'un nouvel œil.

— Quelque chose ne va pas ?

— Je suis fatiguée, voilà tout...

Il n'entrait aucunement dans les intentions de Déborah de parler de Robert à sa sœur. L'attitude d'Andréa à l'égard de ce dernier avait toujours été ambiguë : à la fois satisfaite du choix de sa sœur, et jalouse de l'indéniable « classe » de Robert qui surpassait, et de loin, Tom, son époux.

— Fatiguée, toi ? s'écria-t-elle. Laisse-moi rire !

Andréa, seule, avait le droit de l'être.

— Que dirais-tu alors si tu étais réveillée tous les matins que Dieu fait à six heures par le bébé ! Sans parler du petit déjeuner à préparer pour Tom et de la maison à entretenir...

La litanie reprenait. Jugeant le récit de sa vie fort intéressant, Andréa n'envisageait pas un instant que l'on pût être d'un avis différent...

Le brouillard s'était brusquement épaissi. « Tout a une fin, même le chagrin », songea Déborah dont les pas troublaient seuls le silence de la nuit. Elle s'arrêta et frissonna, soudain glacée. Où était-elle donc ?

Elle avait dû marcher longtemps sans s'en apercevoir. Mieux valait rebrousser chemin avant de se perdre tout à fait. Elle fit rapidement demi-tour. Le bruit de ses semelles résonnait sur le quai que bordait d'un côté un haut mur sans fenêtres, et de l'autre l'eau sombre du canal.

C'est alors qu'ils surgirent de la brume, sans bruit, leurs chaussures de sport effleurant doucement le sol. A peine Déborah avait-elle eu le temps de les apercevoir qu'ils arrivaient déjà à sa hauteur. Instinctivement, elle pressa le pas. Sans doute allaient-ils la dépasser ? Mais non, ils ralentissaient l'allure. Elle leva les yeux, brusquement mal à l'aise. Les garçons étaient très jeunes, vêtus de jeans et de chandails noirs. Leurs sourires avaient quelque chose d'inquiétant. Ils se consultèrent du regard, ce qui ne fit qu'augmenter le trouble de Déborah.

Sans plus réfléchir, elle se mit à courir. Ses poursuivants en firent autant. Ils ne disaient rien, mais elle les entendit rire doucement. Ils l'encadraient maintenant très étroitement et la bousculaient de l'épaule à chaque pas.

Dans le silence de ce quai perdu dans la brume, Déborah se sentit prise de panique.

Si, au moins, elle avait entendu le son de leurs voix ! Mais non, ils ne disaient rien, et ce silence l'effrayait plus encore que le traitement qu'ils lui réservaient. Ils n'avaient pas plus de seize ans, mais semblaient préparer un mauvais coup. Depuis combien de temps la suivaient-ils ? Avaient-ils l'habitude d'agresser ainsi les étrangers ?

L'un d'entre eux lui passa brusquement un bras autour de la taille, déchaînant sa colère. D'un geste rageur, elle se dégagea et se remit à courir de plus belle. Mais il en fallait davantage pour décourager les jeunes gens qui eurent vite fait de la rattraper et de la ceinturer. Affolée, elle poussa un cri qui se perdit dans la brume. Aussitôt une main s'abattit sur sa bouche, la forçant au silence. Horrifiée, elle s'attendait au pire lorsqu'une autre voix troua la nuit.

— Que se passe-t-il par ici ?

C'était une voix d'homme et de surcroît anglaise.

Les garçons s'immobilisèrent. Quant à Déborah, elle fit entendre un gémissement sous la main qui lui oppressait la bouche.

— Où êtes-vous ?

Les pas du providentiel inconnu se rapprochaient. Un instant hésitants sur le parti à prendre, les jeunes voyous optèrent bientôt pour la fuite et disparurent dans le brouillard.

Le souffle court, tremblant de tous ses membres, Déborah se laissa aller contre le mur tout proche. Ses jambes ne la portaient plus et son chemisier était humide de sueur.

De la brume émergea un homme de haute stature. La jeune fille le regarda se diriger vers elle sans pouvoir prononcer un mot.

— Est-ce vous qui avez crié ?... Pourquoi diable ne répondez-vous pas ? Que se passe-t-il ? Vous vous êtes perdue ?

Devant le mutisme de Déborah, il s'impatienta.

— Vous ne vous sentez pas bien ?

Elle le devinait pressé de se rendre quelque part et furieux d'être ainsi retardé. Au prix d'un douloureux effort, elle réussit à balbutier.

— Des voyous m'ont attaquée...

Il haussa les sourcils d'un air sceptique.

— Des voyous ? Je ne vois personne...

— Ils se sont enfuis en vous entendant arriver.

— Vraiment ?

Il ne croyait pas un mot de son histoire, c'était manifeste. Néanmoins, il s'approcha d'elle.

— Vous n'êtes pas blessée ?

Elle secoua la tête. Maintenant qu'elle était hors de danger, toute cette histoire l'embarrassait au plus haut point.

— Je suis désolée de vous avoir dérangé, dit-elle sèchement.

Le visage de l'inconnu se détentit. Il paraissait soudain amusé.

— Mais vous ne me dérangez pas du tout ! Je vous croyais tout simplement perdue. Avec ce brouillard...

Elle se mordit les lèvres. Sans doute pensait-il qu'elle avait inventé cette histoire de toutes pièces par honte d'admettre qu'elle s'était égarée et qu'elle avait peur.

— Si vous pouviez me dire où je suis, répliqua-t-elle froidement, vous m'obligeriez en effet...

— Ce canal est le canal Loretsi. Vous cherchez un endroit particulier ?

— Oui, l'hôtel Loretsi.

— Quelques centaines de mètres, et vous y êtes.

L'homme se mit à sourire, ce qui eut pour effet d'agacer Déborah.

— Vous voyez, insista-t-il, vous vous êtes figurée que vous étiez perdue, mais vous ne l'étiez pas. Vous n'auriez pas dû sortir par ce brouillard !

N'étant pas d'humeur à discuter, elle préféra abréger la conversation.

— Merci, jeta-t-elle froidement en s'engageant dans la direction qu'il lui avait indiquée.

— Je vais vous accompagner...

Il lui emboîtait le pas.

— ... au cas où vous feriez à nouveau une mauvaise rencontre ! On ne sait jamais...

La moquerie affleurait à ses paroles, mais elle décida de n'en pas tenir compte. « Peu importe s'il me croit ou non », songea-t-elle. L'incident de tout à l'heure l'avait bouleversée, et elle frissonnait encore au souvenir du silence hostile et lourd de menaces de ses agresseurs.

L'autre se méprit sur son geste.

— Vous devriez vous couvrir plus chaudement, remarqua-t-il. Nous sommes en octobre, ne l'oubliez pas ! L'automne à Venise est souvent très frais.

Les lumières de l'hôtel se dessinaient à travers la brume. Comme la jeune fille réitérait ses remerciements, il l'arrêta d'un sourire.

— Je vous en prie. J'ai été heureux de vous rendre service. Vous séjournez ici ?

— Oui.

— Vous avez raison, l'hôtel est très agréable. De plus, la nourriture y est excellente, ce qui ne gâche rien.

— Vous semblez bien le connaître...

Dans la lumière, Déborah découvrait celui qui lui était venu en aide. « Il n'a pas l'air d'un touriste », songea-t-elle en notant malgré elle la haute taille et la carrure d'athlète de son interlocuteur. Sans être beau, le visage aux yeux d'un bleu profond ne manquait pas de séduction.

— Je suis moi-même l'un de ses plus fidèles clients, l'entendit-elle répondre avec étonnement. Vous êtes arrivée aujourd'hui ?

— Il y a une heure ou deux, oui.

Il éclata de rire.

— Et vous voilà déjà lancée à la découverte de la ville ? Par ce temps, ce n'est guère prudent !

— Non.

Décidément, cet homme avait le don de l'agacer ! Mais le pire, c'est qu'il en était conscient. A en juger par le sourire qu'il arborait... Posait-il toujours un regard aussi ironique sur les choses et les gens ? Elle chassa aussitôt cette pensée.

— Eh bien, merci encore ! lança-t-elle en passant devant le portier qui s'était précipité pour lui ouvrir.

— Une bien triste soirée, Miss ! déclara celui-ci. C'est souvent le cas à cette époque de l'année...

Elle acquiesça d'un sourire. La chaleur du hall lui faisait l'effet d'un paradis.

— Je meurs de faim ! dit-elle en se dirigeant sans plus tarder vers la salle à manger.

La cuisine italienne était une de ses faiblesses. Elle dégusta avec un plaisir certain le fameux « foie de veau à la Vénitienne » auquel l'habituel émincé d'oignons donnait un goût si relevé, et termina par un succulent *zabaglione*, mousseux à souhait, qui ne la déçut pas davantage. Il y avait peu de monde dans la salle, ce qui expliquait sans doute le grand intérêt qu'avait suscité son entrée.

Le service était impeccable et, n'eût été l'insistance avec laquelle le serveur la dévisageait, tout aurait été parfait. Pourquoi donc s'obstinait-il à la regarder ainsi en souriant ? Sans doute l'attirance légendaire des Italiens pour les blondes... Mais ce qui l'aurait flattée et amusée quelques mois plus tôt l'agaçait prodigieusement ce soir. La gent masculine tout entière lui faisait brusquement horreur, et les hommages à sa beauté — d'où qu'ils viennent — lui faisaient l'effet d'une insulte. Pour couper court à tout, elle toisa le garçon d'un air si féroce que le pauvre baissa précipitamment les yeux et s'éclipsa aussitôt vers les cuisines. Alors, elle fut prise de remords : ce serveur n'était pas jeune, son admiration était sans arrière-pensée... Elle s'était conduite de façon stupide.

Après avoir terminé son café, elle décida de se racheter et le rappela pour lui demander s'il y avait des liqueurs et ce qu'il lui conseillait. Il revint aussitôt avec une bouteille de Poire Williams et un verre à dégustation qu'il prit soin de glacer avant de servir. Elle le remercia chaleureusement, et il repartit visiblement ravi.

L'effet soporifique d'un tel dîner ne tarda pas à se faire sentir. Déborah étouffa un bâillement. La journée avait été particulièrement mouvementée : le voyage d'abord, et puis cet incident au bord du canal... Elle qui voulait se changer les idées, c'était réussi ! Pourtant, la pensée de Robert ne l'avait pas quittée de la journée. Mais avec tous ces gens autour d'elle, elle ne pouvait pas donner libre cours à ses larmes. Il lui fallait garder la face. Et c'était déjà un début...

Le réceptionniste lui tendit la clé de sa chambre avec un sourire.

— Bonne nuit, Miss !

Elle lui commanda son petit déjeuner pour le lendemain matin et s'apprêtait à gagner l'ascenseur lorsqu'elle se heurta à quelqu'un.

— Vous êtes remise de vos émotions ?

Elle esquissa un sourire poli mais crispé.

— Tout à fait, merci.

Le même air amusé se peignait sur le visage de son interlocuteur. Décidément, c'était une manie ! Peu désireuse de prolonger l'entretien, la jeune fille poursuivit son chemin sans plus tarder.

— Pas de mauvais rêves, surtout ! l'entendit-elle lancer derrière son dos.

Elle ne daigna même pas se retourner.

L'hôtel était un de ces anciens édifices baroques aux cages d'ascenseur dorées d'où l'on découvrait, en montant, tout le hall d'accueil. Baissant les yeux, Déborah aperçut l'homme brun qui ne cessait de l'observer et contemplait ostensiblement ses jambes. Quelle audace ! songea-t-elle, prise d'une rage sourde. Mais à peine entrée dans sa chambre, elle oublia l'incident.

Un ravissant bouquet ornait la commode. Elle se pencha pour en respirer le parfum. Et aussitôt fondit sur elle le souvenir de Robert. Lui aussi lui envoyait parfois de ces énormes gerbes de roses rouges qu'on aurait dites artificielles tellement elles étaient parfaites. Pour son goût, Déborah aurait préféré un modeste bouquet de violettes, mais Robert était ainsi : impulsif, généreux, voulant jouir de tout ce qui s'offrait à lui sans considération de prix. Il aimait vivre au jour le jour et ne pas se soucier du lendemain. « Ne me prends pas au sérieux »... L'avertissement collait au personnage. Comment ne s'en était-elle pas aperçue ? Eblouie, elle s'était laissé envoûter par le charme d'un homme pour qui la vie n'était qu'un jeu.

Et maintenant, elle était prise à son propre piège. Victime de son insouciance...

Etendue dans l'obscurité, elle cherchait en vain le sommeil. L'eau du canal clapotait doucement sous ses fenêtres. En dépit de la mise en garde du portier, elle n'avait pu résister tout à l'heure au plaisir de sortir sur le petit balcon attenant à sa chambre. « Attention, lui avait-il dit, il n'est pas solide ! » Mais la curiosité de Déborah avait été la plus forte. Le grand mur d'en face, surtout, la fascinait. Avec ses petites ouvertures à barreaux, on aurait dit une prison. Ou qui sait ? Peut-être un couvent désireux d'ôter à ses religieuses toute envie de s'échapper. En tout cas, les fenêtres restaient obstinément closes et on ne devinait, à l'intérieur, aucun signe de vie.

Robert n'était pourtant pas le premier homme de sa vie... A vingt-sept ans, il lui était déjà arrivé de tomber amoureuse. Le contraire eût été désolant. Seulement, jusque-là, ses engouements n'étaient que de petites amourettes sans importance dont elle ne se souvenait même plus...

En viendrait-elle un jour à juger ainsi son aventure avec Robert ? Elle ferma les yeux et décida de commencer tout de suite à le rayer de sa mémoire. Mais la manière dont il souriait, le son même de sa voix, son regard, tout restait inexorablement gravé en elle.

Si elle s'était prise au jeu de cette manière, c'était sa faute à elle, pas celle de Robert. Lui n'avait jamais cherché à la mystifier. Mais elle n'avait pas voulu l'entendre. Comme d'habitude...

— Vous n'écoutez jamais ce qu'on vous dit ! lui avait reproché un jour son patron.

Elle était alors toute jeune journaliste. A l'affût de tout ce qui pourrait enrichir son expérience du métier, elle se lançait à corps perdu dans les enquêtes sans tenir compte de l'avis de quiconque.

C'est ainsi qu'elle commit un jour une stupide erreur de noms, et les deux personnages incriminés s'empressèrent de venir protester à la direction du journal. « Vous n'écoutez jamais ce qu'on vous dit... »

Elle avait négligé de la même façon l'avertissement lancé par Robert. « Ne me prends pas au sérieux »...

Lui n'avait rien à se reprocher. Il s'était montré honnête. Jamais il ne lui avait demandé de s'attacher à lui aussi passionnément.

Ils s'étaient rencontrés lors d'un déjeuner officiel. Déborah devait y recevoir, au nom de toute l'équipe du journal, le prix du meilleur reportage de l'année récompensant une enquête sur un récent conflit en Afrique.

Elle écouta les discours de félicitations d'une oreille distraite. Elle qui venait d'assister à des scènes atroces, dont elle se souviendrait toute sa vie, ne pouvait s'empêcher d'éprouver une rage sourde à la vue de ces messieurs bien habillés, le cigare aux lèvres, qui débitaient des banalités sur un sujet aussi grave. Sans cesse revenaient à sa mémoire les mains des enfants tendues pour réclamer de la nourriture.

Mais elle n'était pas là pour exprimer ses opinions personnelles. Elle prononça donc consciencieusement les formules de remerciements qui convenaient.... et but plus que de coutume pour tenter de tuer les souvenirs qui l'assaillaient. Robert était assis à côté d'elle. Ils sympathisèrent et, tout naturellement, à la fin du déjeuner, il lui demanda s'il pourrait la revoir.

La jeune fille mit un certain temps à comprendre ce que cet homme signifiait pour elle. Mais, cette étape franchie, elle ne douta pas un seul instant que ce fût réciproque. Robert semblait toujours si heureux de la voir, et si déçu lorsqu'elle était obligée de partir en reportage...

Lui vivait, travaillait à Londres et n'envisageait manifestement pas d'habiter ailleurs. En tant que rédacteur en chef d'un magazine célèbre, il y connaissait tout le monde et recevait des masses d'invitations à des soirées où il était toujours le bienvenu.

De caractère naturellement sociable, il adorait ce genre de manifestations et fréquentait toutes les premières de théâtre, d'opéra ou de ballet. Outre son rôle influent dans la presse, c'était un convive des plus appréciés, surtout par les femmes.

Déborah n'ignorait rien de son tumultueux passé. Plusieurs fois, elle s'était trouvée confrontée à l'une de ses anciennes conquêtes qui prenait un malin plaisir à lui conter telle ou telle anecdote sur Robert. Lui semblait toujours ravi de les revoir et ne manifestait pas le moindre signe d'embarras. « Quelle joie de te retrouver ici ! » s'exclamait-il le plus naturellement du monde.

Inconsciente de ce qui l'attendait, Déborah en était venue à plaindre ces malheureuses qui n'avaient pas pu le retenir. Alors qu'elle...

« Si j'avais su ! » se dit-elle en sentant revenir l'intolérable douleur au creux de sa poitrine. Elle se serait évité bien des déboires...

Comment ne s'était-elle pas rendu compte, dès le départ, que toute cette aventure n'était qu'une illusion ? Une illusion qu'elle avait prise pour de l'amour. Peut-être suffisait-il de la dissiper pour que la douleur s'envole à son tour ? Hélas, elle savait bien que non.

Désespérée, elle ferma les yeux, appelant de toutes ses forces le sommeil à son secours.

Lorsqu'elle s'éveilla, il faisait grand jour. La brume s'était dissipée, cédant la place à un pâle soleil qui se mirait doucement dans l'eau du canal.

Quelques coups discrets furent frappés à la porte. C'était le petit déjeuner.

— Désolé, Miss ! Pas de journaux ce matin... A cause du brouillard !

Déborah ne fit aucun commentaire. Drapée dans son négligé de soie bleu, elle savoura son café avec délices. Les Italiens étaient décidément les meilleurs pour le café !

Son premier soin, après s'être habillée, fut de sortir acheter des cartes postales.

— N'oublie pas de nous donner de tes nouvelles ! lui avait recommandé Andréa avant son départ.

Sa sœur n'était pas dupe. Une telle sollicitude était surtout motivée par le fait que Kerry, le fils aîné d'Andréa, faisait collection de timbres... Qu'importe ! Agé de sept ans, ce neveu était son préféré et lui envoyer une carte à chacun de ses déplacements était devenu un rite pour Déborah. Ce n'était pas aujourd'hui qu'elle allait y faillir !

« Si j'ai un fils un jour, j'aimerais qu'il lui ressemble », songeait-elle souvent. Lorsqu'elle s'en était ouverte à sa sœur, celle-ci s'était écrié :

— Bien sûr ! C'est facile... Tu ne le vois que dans les bons moments ! Si tu devais tous les soirs, comme moi, lui faire la guerre pour qu'il aille au lit, tu changerais vite d'avis...

Certes, les choses, vues de l'extérieur, paraissaient toujours plus séduisantes. Déborah enviait sa sœur d'avoir une vie si bien remplie, et sa sœur l'enviait de mener une existence aussi trépidante — du moins l'imaginait-elle ainsi...

Ayant fait son choix de cartes postales, elle s'installa à la terrasse d'un café pour les rédiger. Pour la première fois depuis bien longtemps, elle n'en enverrait pas à Robert. Une omission dont elle était douloureusement consciente...

Sa correspondance terminée, elle allait se lever lorsqu'elle aperçut l'homme de l'hôtel. Il traversait le square en face d'elle au bras d'une jolie femme qui, à en croire son expression, buvait littéralement ses paroles. Déborah les considéra sans indulgence. Le sourire enjôleur que l'homme adressait à sa compagne lui en rappelait indiscutablement un autre. Robert, lui aussi, avait cette même façon de regarder les femmes...

Elle se détourna brusquement et prit la direction opposée, à la recherche d'un *vaporetto* qui la ramènerait à l'hôtel. Elle ne tarda pas à en trouver un et, durant tout le trajet de retour, se laissa pénétrer par le charme de Venise. La splendeur décadente des palais et des églises était rehaussée par l'éclat du soleil. C'était comme si le brouillard n'avait jamais existé. Une brise légère venue de la mer faisait frissonner l'eau du Grand Canal.

Dans une gondole qui passait à proximité, une enfant dégustant une énorme glace la laissa malencontreusement tomber dans l'eau. Sa maladresse lui arracha un cri de fureur qui provoqua les rires de l'assistance. Déborah s'y joignit spontanément. Les façades d'or et de rose mêlés défilaient devant elle, et, pour un peu, elle se serait presque sentie heureuse. Les chagrins d'amour n'étaient pas éternels. Peut-être, un jour, retrouverait-elle le goût de vivre ?

— Bonne matinée, Miss ? s'enquit le portier à son arrivée.

— Très bonne, merci ! répondit-elle machinalement.

Comme si le simple fait de voir le soleil briller et un enfant laisser tomber sa glace dans l'eau avait quelque chose d'extraordinaire...

Dans l'ascenseur, elle croisa le regard de l'homme brun qui traversait le hall. Un instant, elle faillit lui sourire, puis se ravisa et détourna les yeux. C'était plus sage.

2

Lorsque Déborah descendit pour dîner ce soir-là, l'ascenseur ne marchait pas. « En panne », signalait l'écriteau apposé sur la porte. Manifestement, il ne serait pas réparé avant le lendemain matin. Ce qui signifiait quatre étages à descendre et à remonter à pied...

La jeune fille profita de l'incident pour admirer l'escalier de marbre si magnifiquement ouvragé. A en juger par les rares personnes qu'elle croisait, l'hôtel était loin d'afficher complet. « Tant mieux », se dit-elle. Le service n'en serait que meilleur.

Comme elle atteignait le palier du premier étage, une porte s'ouvrit, livrant passage à un jeune homme qu'elle reconnut immédiatement.

Il en fut de même pour lui, d'ailleurs.

— Bonne journée ? lui demanda-t-il aussitôt en guise de préambule.

— Excellente, merci.

Pourquoi fallait-il toujours qu'elle le rencontre, alors qu'elle avait si peu envie de le revoir ? Il lui rappelait sa peur panique de la veille, et elle n'aimait pas cela du tout.

Malgré elle, elle le trouva différent de la première fois. Il avait l'air mécontent, voire furieux. Dans ses yeux brillait un éclat féroce qui le faisait paraître plus redoutable encore.

— Vous avez des projets pour ce soir ? lui demanda-t-il à brûle-pourpoint, le regard soudain radouci.

Croyant savoir où il voulait en venir, elle se raidit.

— Dîner et me coucher tôt, voilà mon programme.

— N'oubliez pas que je vous ai sauvé la vie, murmura-t-il d'un air moqueur. Ou pire encore peut-être...

— Vous avez l'air de mettre en doute ma bonne foi.

— Loin de moi cette idée ! protesta-t-il en souriant toujours. Néanmoins, cela me vaut bien une petite faveur, non ?

— J'aurais fait de même pour vous si vous aviez été victime d'une semblable agression !

— Voilà précisément la réponse à la question que j'allais vous poser !

Elle le regarda sans comprendre.

— Oui, reprit-il. Je suis invité ce soir à un cocktail. Impossible de ne pas m'y rendre sous peine d'offenser gravement le maître de maison. Mais si j'y vais seul, je me retrouverai en but aux attaques d'une jeune personne particulièrement tenace que mes refus polis n'ont manifestement pas convaincue.

— Alors faites fi de la politesse !

Il éclata de rire.

— La position de son père, hélas, me l'interdit. Mais si vous consentiez à jouer pour un soir les gardes du corps...

Déborah le toisa d'un regard glacial.

— Faites appel à une agence spécialisée.

— Un peu tard pour cela, vous ne trouvez pas ? La personne qui devait m'accompagner vient juste de m'appeler pour me dire qu'elle avait la migraine. Je ne peux vraiment pas y aller seul.

— Eh bien, débrouillez-vous ! C'est votre problème, pas le mien.

Comme ils pénétraient dans la salle de restaurant, elle lui adressa un sourire poli et se dirigea sans plus attendre vers sa propre table. Mais c'était compter sans l'obstination de l'homme brun qui prit place en face d'elle, comme si c'était là la chose la plus naturelle du monde.

— Vous savez, c'est le genre de soirée assommante où il suffit de rester une heure ou deux. Ce ne sera pas long ! Si seulement cette Thérésa n'avait pas — je ne sais pour quelle obscure raison — jeté son dévolu sur moi... Si j'y vais seul, elle ne me laissera pas un moment de répit, je le sens.

Le serveur s'interposa pour leur présenter le menu, au grand désagrément de Déborah qui jeta un coup d'œil exaspéré à son indésirable compagnon.

— Le foie de veau est excellent, dit celui-ci comme s'il n'avait rien remarqué.

— Je sais. J'en ai pris hier soir.

— Alors, essayez les lasagnes...

Posant un regard furibond sur la carte, Déborah opta résolument pour un poulet.

— *Pollo Principessa... si, signorina,* fit le serveur impassible avant de se tourner vers l'autre convive.

La commande prise, il s'éloigna. L'homme brun en profita pour se présenter.

— Je m'appelle Mathieu, l'informa-t-il en attendant visiblement qu'elle fasse de même.

Elle s'exécuta de mauvaise grâce.

— Et moi, Déborah.

Puisqu'il n'avait pas jugé bon de donner son nom de famille, elle non plus.

— Vous êtes ici en vacances ? D'où venez-vous ?

— De Londres, répliqua la jeune fille dont l'énervement allait croissant et qui mourait d'envie de lui dire d'aller s'asseoir ailleurs.

— Je vois. Vous êtes mannequin sans doute ?

Son expérience en matière de jolies femmes ne faisait aucun doute.

— Non, dit-elle sèchement sans autre commentaire.

— Peu loquace, à ce que je vois ?

— Je suis ici pour me *reposer*...

L'autre ne se laissa pas désarçonner pour autant.

— Et moi pour signer une importante affaire qu'une querelle avec Thérésa risquerait fort de compromettre.

— Je ne m'inquiète pas pour vous. Vous me paraissez assez habile pour vous tirer avec tact de ce genre d'histoire.

Si la fameuse Thérésa existait... Ce qui restait encore à prouver.

— Je vous l'ai dit, elle est tenace.

— Navrée, mais ce n'est pas mon problème.

Un an plus tôt, peut-être aurait-elle feint de le croire et l'aurait-elle accompagné à cette soirée. Il était très séduisant, c'était indéniable. Mais, malheureusement pour lui, il tombait au mauvais moment. Elle était aveugle à son charme.

— Eh bien, je sais ce qu'il me reste à faire, lança-t-il avec un sourire. La prochaine fois que je vous entendrai crier dans le brouillard, je changerai de direction...

— Il n'y aura pas de prochaine fois. Cela m'a servi de leçon. J'apprends vite...

C'était vrai. Avec Robert aussi, la leçon avait été sévère. Elle n'était pas près de l'oublier !

— Vous êtes intraitable ! Au fait, vous ne m'avez toujours pas dit ce que vous faisiez dans la vie ?

— Rien.

Elle avait appris à ses dépens qu'il valait mieux ne pas dire aux gens qu'elle était journaliste. Car, de deux choses l'une : ou ils se lançaient dans des discours sans fin qui, pensaient-ils, feraient bien dans la presse... ou, la soupçonnant de vouloir étaler leur vie privée au grand jour, ils sombraient dans le mutisme le plus complet. Voyant qu'il l'observait, elle lui sourit ingénument.

— Vous non plus, vous ne m'avez pas dit votre métier ?

— Je suis ce qu'on appelle un homme d'affaires.

— Voilà qui prête à de nombreuses interprétations...

Il éclata de rire.

— Autant dire que vous ne les aimez pas beaucoup !

L'arrivée du serveur les interrompit. Déborah s'absorba dans la dégustation de son melon au jambon de Parme et découvrit avec surprise que son verre était plein. Pourtant elle n'avait pas commandé de vin... Mathieu lui adressa un sourire malicieux auquel elle répondit à contrecœur.

— C'est très aimable à vous...

Elle nota qu'il se passait très souvent la main dans les cheveux pour repousser une mèche qui s'obstinait à lui retomber sur le front. Ce geste trahissait l'impatience d'un homme habitué à ce que rien ne lui résiste. Un homme d'action qui ne devait pas supporter bien longtemps de rester inactif.

— Peut-être avez-vous peur de déplaire à quelqu'un en venant à cette soirée ?

Comme elle s'y attendait, il revenait à la charge.

— Vous avez deviné.

— Ah ! s'écria-t-il. Un fiancé, peut-être ?

— Non, moi.

Il partit d'un nouvel éclat de rire.

— C'est votre couleur naturelle ? lui demanda-t-il alors contre toute attente.

Elle toussa, car elle avait failli s'étrangler avec son melon.

— Oui, pourquoi ?

En le regardant, elle comprit qu'il s'était une nouvelle fois moqué d'elle.

— Très amusant ! maugréa-t-elle.

— Vous devriez laisser pousser vos cheveux. Je suis sûr que cela vous irait bien.

— Ils sont plus faciles à entretenir comme ça.

— Quel esprit pratique ! s'écria-t-il d'un air narquois.

Déborah accueillit l'arrivée du serveur avec soulagement. Son second plat avalé, elle s'empresserait de prendre congé avant que Mathieu ne revienne une nouvelle fois à la charge… Mais le vin ne tarda pas à faire son effet, et elle se sentit enfin plus détendue.

— Ce poulet est délicieux.

— N'est-ce pas ? Je vous l'avais dit : tout ici est d'une exceptionnelle qualité. Le chef est le même depuis des années. Je descends toujours ici lorsque je viens à Venise.

— Parce que vous n'y vivez pas ? Je croyais…

Il parut surpris.

— Non, bien sûr ! J'habite Londres, comme vous.

— Mais vous venez souvent ici ?

— De temps en temps.

Il tourna la tête au passage d'un couple de nouveaux arrivants et laissa glisser son regard sur les jambes longues et bien galbées de la femme. Le sang de Déborah ne fit qu'un tour.

— Pourquoi ne pas lui demander à *elle ?* suggéra-t-elle avec un sourire meurtrier.

— Nous n'avons pas été présentés.

— Moi non plus que je sache…

— Oui, mais vous c'est différent, vous me devez une faveur.

— Si j'avais su, je n'aurais jamais appelé au secours !

— Maintenant, les rôles sont inversés. C'est moi qui vous demande comme une grâce de m'accompagner à cette soirée…

Il agrémentait ses paroles de son sourire le plus charmeur. Déborah se sentit fléchir. Une douce torpeur l'envahissait. Après tout, pourquoi pas ? Une telle soirée pouvait être amusante, d'autant plus qu'elle n'y connaîtrait personne et n'aurait donc pas à se forcer pour paraître gaie.

En homme averti, Mathieu avait senti le vent de la victoire.

— Alors, c'est oui ? murmura-t-il en se penchant vers elle.

— Je vais réfléchir au problème.

Il n'insista pas.

— Ce n'est pas la première fois que vous venez à Venise ?

— Non.

Décidément, l'homme était redoutable. Elle devait rester vigilante.

— Autant dire que vous aimez cette ville, sinon vous n'y seriez pas revenue ?

— Je vois que les évidences ne vous font pas peur ! constata-t-elle sèchement.

Il la mesura du regard.

— Etes-vous toujours aussi cinglante ?

— Avec ceux qui le méritent, oui.

— Et lui, il appréciait ce genre d'attitude ?

Déborah en laissa tomber sa fourchette.

— De qui voulez-vous parler ?

— De celui pour lequel je suis actuellement en train de payer...

— C'est malin ! maugréa-t-elle en repiquant vivement du nez dans son assiette.

— Les évidences ne me font pas peur, c'est vous-même qui venez de me le dire...

Le regard bleu pétillait d'intelligence et de malice.

— C'est récent ? ajouta-t-il en se penchant vers elle.

— Votre plat va refroidir.

Une fois encore, il n'insista pas, et leur dîner se poursuivit en silence jusqu'au dessert. Là, tout en dégustant une appétissante glace à l'orange, Mathieu lui demanda :

— Quel âge avez-vous ?

La jeune fille partit d'un brusque éclat de rire.

— Vous pouvez vous vanter d'être direct !

— Non, simplement je me demandais quel âge vous pouviez bien avoir pour ne pas savoir encore « encaisser les coups durs », comme on dit un peu vulgairement.

Elle rougit légèrement.

— Puisque vous voulez tout savoir, j'ai vingt-sept ans. Quant aux « coups durs » auxquels vous faites allusion,

26

sachez que je n'ai pas l'habitude de discuter de ma vie privée avec des étrangers.

— C'est plus prudent, en effet. Bien qu'à ma connaissance, cela n'empêche pas les gens de parler...

— Là-dessus, je suis d'accord avec vous.

En disant cela, elle songeait à Andréa qui, bien qu'elle ignorât sa rupture avec Robert, n'avait cessé de la rabrouer et de lui prodiguer toutes sortes de conseils. L'affection de sa sœur, trop autoritaire, lui pesait parfois.

— Surtout les journalistes, marmonna Mathieu, le visage soudain rembruni.

Elle lui jeta un coup d'œil pénétrant.

— Vous disiez ?

— Les journalistes... Tous autant qu'ils sont, je les déteste. Ce qu'ils ne savent pas, ils l'inventent ; et ce qu'ils savent, ils le déforment.

Déborah s'empressa d'avaler une bouchée de glace pour masquer son trouble.

— Parce que vous avez déjà eu à vous plaindre d'eux ? s'enquit-elle au bout d'un moment en levant vers lui un regard candide.

— Me plaindre d'eux... C'est peu dire ! Si je vous le racontais, vous ne me croiriez pas.

— Essayez toujours.

Avec qui dînait-elle donc ? Mathieu comment ? Elle se rappelait soudain qu'il ne lui avait pas dit son nom de famille. Peut-être tenait-il à le garder secret. Mais dans ce cas, pourquoi ?

— D'abord, il y a les *paparazzi*. Ils sont partout. Comme des vautours, ils fondent sur vous au moment où vous vous y attendez le moins. C'est la plaie de l'Italie !

Ce pays, en effet, était le seul à donner un nom à ce genre de reporters-photographes à l'affût de sensationnel, et qui n'hésitaient devant rien pour traquer les célébrités. Uniquement les célébrités... Mathieu en serait-il une ?

Elle pouvait difficilement le lui demander sans éveiller sa curiosité. Mieux valait attendre une occasion plus propice ou tenter sa chance auprès d'une tierce personne. Le portier de l'hôtel, par exemple...

L'arrivée des cafés provoqua la diversion qu'elle attendait. Déborah était maintenant tout à fait détendue, mais sous son visage souriant se cachait un esprit plus en éveil que jamais.

— Alors, vous venez? s'enquit Mathieu avec son plus éblouissant sourire.

— Avec plaisir!

S'il fut étonné de cette réponse, il n'en laissa rien paraître. Sans doute pensait-il que le vin n'était pas étranger au revirement de Déborah. Et celle-ci se garda bien de l'en dissuader. Tout en buvant son café, elle venait d'avoir une idée...

Lorsqu'elle avait manifesté son intention de prendre des vacances, son directeur ne lui avait pas caché sa désapprobation.

— Vous avez déjà pris le nombre de jours qui vous était imparti. Qu'attendez-vous encore de moi? La charité?

— C'est un peu ça, Hal, je le crains... lui avait-elle répondu en détournant les yeux.

Sans doute avait-il compris sa détresse, car il avait fini par hausser les épaules et grommeler d'un air bourru:

— C'est bon, je vous accorde une semaine. Mais ne comptez pas sur moi pour vous en faire cadeau. Vous me le revaudrez un jour!

— C'est-à-dire... si j'avais pu avoir une dizaine de jours...

— Et quoi encore? Demandez-moi un mois pendant que vous y êtes!

Mais il avait fini par céder. Sous ses dehors intraitables se cachait une immense gentillesse. Lui rapporter un bon sujet d'article serait une façon de le remercier...

Déborah faisait partie d'une équipe restreinte chargée de la rubrique « Etranger » du journal. Tous devaient tenir leur valise prête en permanence. Si l'affaire était d'importance, l'équipe se déplaçait au complet, sinon ils y allaient seuls. La jeune fille était l'unique membre féminin du groupe et, de ce fait, contrainte de se montrer deux fois plus vigilante. On ne lui pardonnait pas la moindre erreur. « Que voulez-vous ? C'est une femme... » se plaisaient à répéter ses confrères pour la taquiner. Mais sous leurs airs de plaisanter, ils n'en pensaient pas moins.

Néanmoins, Déborah n'aurait pour rien au monde cédé sa place. Son métier la passionnait. Au point que les années avaient passé sans qu'elle ait jamais songé au mariage. Andréa s'était d'ailleurs chargée de le lui faire remarquer : « Le métier, ce n'est pas tout dans la vie ! Tu ferais bien de penser un peu à autre chose... » Comme toujours, la sœur aînée était sûre d'avoir raison. Et Déborah n'avait pas eu le courage de la détromper.

— Il est temps d'aller nous changer...

C'était la voix de Mathieu. Elle le regarda sans comprendre.

— Nous changer ?

— Eh bien, oui. Pour la soirée ! Auriez-vous déjà oublié ?

Il la contemplait avec un sourire amusé.

— En tout cas, vous avez l'air à mille lieues d'ici ! Mais je ne m'inquiète pas : votre garde-robe doit bien comporter une tenue habillée ?

Elle nota, néanmoins, une certaine anxiété dans sa voix, comme s'il s'en voulait de ne pas avoir pensé plus tôt à ce genre de détail.

— Rassurez-vous, je trouverai bien quelque chose de possible, répliqua-t-elle sèchement.

Un éclat de rire lui répondit.

— Je vous fais confiance ! Mais, dites-moi... Etes-vous sûre de ne pas être mannequin ? Vous en avez tout à fait l'allure !

— Je suis trop maigre.

— D'ici, il m'est difficile d'en juger...

Andréa le lui avait assez reproché : « Comment veux-

tu grossir ? Tu ne prends même pas le temps de manger !
Et cette manie de travailler jusqu'à des heures impossibles, crois-tu que ce soit bon pour ta santé ? » En fait, tout en désapprouvant le style de vie de sa sœur, elle ne pouvait s'empêcher de l'envier.

Leur mère était morte alors que Déborah était encore toute jeune adolescente. Officier de marine, leur père n'avait guère de temps à consacrer à ses filles, et c'est tout naturellement qu'il avait confié l'éducation de sa cadette à Andréa. Au fil des années, le mélange de tendresse et de sévérité dont celle-ci entourait sa jeune sœur n'avait fait que croître.

— Combien de temps vous faut-il pour être prête ?

C'était la voix de Mathieu. Tous deux étaient arrivés au pied de l'escalier.

— Un quart d'heure me suffira.

Il lui jeta un coup d'œil sceptique.

— Si vous l'affirmez...

— Quinze minutes, pas une de plus.

La jeune fille s'éloigna en souriant. Dans son métier, elle avait appris à faire vite...

Par chance, elle avait emporté une robe de soirée. Elle ne comptait pourtant guère sortir. Mais on ne sait jamais... Machinalement, elle avait jeté sa robe verte dans la valise et s'en félicitait aujourd'hui.

Elle s'habilla et se maquilla rapidement. Et un quart d'heure plus tard, elle se présentait devant la porte de Mathieu. Il lui ouvrit aussitôt.

— Incroyable ! s'écria-t-il, stupéfait.

— Cela vous apprendra à porter des jugements hâtifs sur les femmes.

Il sourit et s'empressa de boutonner son col de chemise.

— Pas encore prêt ? railla-t-elle.

— Je plaide coupable, mais ce ne sera pas long. J'en ai pour une seconde !

En le voyant enfiler sa veste de smoking, elle ne put

s'empêcher de penser que l'habit lui seyait à merveille. Le noir faisait ressortir sa forte carrure et la longueur impressionnante de ses jambes. Rien d'étonnant à ce qu'une jeune fille romanesque et impressionnable se fût entichée de lui ! Son allure décontractée devait être le chic suprême pour cette jeune personne qu'elle devinait habituée aux manières compassées des gens du monde.

« Comme on est vulnérable à cet âge ! » songea-t-elle en éprouvant une brusque bouffée de sympathie pour l'inconnue. Elle se sentait vieille tout à coup.

Qui sait si, au début, Mathieu n'avait pas encouragé Thérésa ? Et maintenant, il ne savait plus comment s'en défaire. Un autre Robert, en somme.

— Je suis prêt ! lança son compagnon en la couvrant d'un regard admiratif. Cette robe vous va à ravir ! Vous ressemblez plus que jamais à un mannequin !

— Merci.

Elle lui adressa un bref sourire sans chaleur et détourna les yeux. S'il avait l'intention d'user de ses charmes sur elle, il faisait fausse route. Elle avait banni les hommes de sa vie, une fois pour toutes.

— Vous êtes une drôle de petite personne, toujours sur la défensive... murmura-t-il en la guidant à travers le hall de l'hôtel.

Le portier leur héla un taxi.

— Un « spécial Venise », observa Mathieu en prenant place à côté d'elle dans la gondole. Et regardez comme je fais bien les choses : le clair de lune est aussi de la fête !

Déborah le contempla sans enthousiasme. « Clair de lune » allait de pair avec « amoureux », et elle se sentait désespérément seule...

— Les clairs de lune de Venise sont réputés, crut bon d'insister son compagnon en glissant discrètement un bras derrière le siège de la jeune fille.

En voyant le geste de recul esquissé par Déborah, il le retira aussitôt.

— Où a lieu la soirée ? demanda celle-ci pour briser un silence devenu gênant.

— Dans un palais comme il y en a tant ici, vieux de trois cents ans et qui s'enfonce inexorablement dans le sol... Mais, pour l'instant, il est encore bel et bien là, et le Signor Scalatio en possède tout le rez-de-chaussée...

— Si je comprends bien, ce monsieur est le père de votre Thérésa ?

— Elle n'est pas mienne.

Il semblait soudain agacé.

— Mais désireuse de le devenir ?

— Je n'aime pas du tout la façon dont vous dites ça ! s'écria-t-il en tournant vers elle l'éclat métallique de son regard bleu. Si c'est ce que vous pensez, sachez que je ne lui ai pas donné une once d'encouragement !

Elle ne répondit pas... Contrairement à la veille, la soirée était claire. La cité tout entière baignait dans une lumière d'argent qui masquait comme par miracle toutes les atteintes du temps. Une fois encore, Déborah admira au passage les façades. Des voix résonnaient dans la nuit, celles des occupants des autres gondoles. Peu importait si elles parlaient politique ou pétrole, la magie du lieu les nimbait de romantisme.

Loin de jouir du spectacle, Déborah luttait contre une furieuse envie de pleurer. Elle avait froid. Sa poitrine était comme prise dans un étau.

Sans doute était-ce la conséquence de la terrible semaine qu'elle venait de passer. Ses sentiments pour Robert avaient subi toutes sortes de phases : tantôt c'était lui qu'elle haïssait et méprisait, tantôt c'était elle. L'envie la prenait à tout instant de lui téléphoner. Pour rien. Pour le seul plaisir d'entendre sa voix. Mais au dernier moment, un sursaut d'orgueil l'en empêchait. Cet amour non partagé était une torture de tous les instants.

A côté d'elle, Mathieu regardait défiler les bâtiments qui bordaient le quai. Comme dans un rêve, elle vit le visage de Robert se superposer au sien. « Ne me prends pas au sérieux »... Bien sûr, il l'avait mise en garde, mais cela ne l'avait pas empêché de flirter avec elle et de lui faire une cour assidue pendant des mois ! Autant dire qu'il n'avait rien fait pour lui faciliter les choses... Mathieu avait-il agi de même avec Thérésa Scalatio ?

Tout le laissait supposer. Désireux de signer à tout prix ce contrat avec le père, il avait très bien pu demander à la fille de l'aider. Et la pauvre avait succombé au charme qu'il déployait pour la séduire. Qui pouvait l'en blâmer ? A en juger par la manière dont il regardait les femmes, bien peu devaient lui résister...

A cet instant précis, il se tourna vers elle et croisa son regard. Une interrogation muette se peignit sur son visage, comme s'il se demandait ce qui lui valait une telle hostilité.

Elle esquissa une ombre de sourire.

— Ce clair de lune est splendide !

— N'est-ce pas ? Je l'ai commandé spécialement pour vous.

— Quelle délicate attention !

Il sourit, mais une certaine fixité dans son regard disait qu'il ne la considérait pas quitte pour autant.

— Que vous a-t-il fait ? demanda-t-il soudain. Vous vous êtes querellés ? On dirait que le monde vient de s'écrouler à vos pieds !

Pour toute réponse, Déborah détourna les yeux.

— Sommes-nous encore loin du palais ?

— L'amour, poursuivit-il doucement, peut être assimilé à une rage de dents. Tant que ça dure, on souffre l'enfer, et une fois terminé, on se dit qu'il n'y avait pas de quoi fouetter un chat...

— Vous êtes expert en la matière, n'est-ce pas ?

Elle ne pouvait s'empêcher d'être agressive.

— Je suis un être humain, voilà tout. Ce qui me vaut une certaine expérience ; en amour, du moins... A trente-

33

six ans, je serais un fieffé benêt s'il en était autrement !

— Mais, heureusement pour vous, il n'en est rien ! répliqua-t-elle avec un sourire moqueur.

L'œil soudain brillant, il se rapprocha d'elle et passa un bras derrière son siège.

— En voulez-vous la preuve ?

— Non merci, fit la jeune fille en se raidissant.

— Dommage… Je suis toujours prêt pour ce genre de démonstration.

— Je n'en doute pas.

Devant le regard qu'elle lui lançait, il se sentit obligé de retirer son bras. La gondole accostait. Il l'aida à descendre, et elle leva les yeux, éblouie : le palais, devant elle, étincelait de tous ses feux.

Mais, là encore, le temps avait fait son œuvre. En s'approchant, elle aperçut des lézardes sur la façade aux harmonies de gris et de bleus. Le balcon ouvragé qui entourait le premier étage semblait menacer à tout instant de sombrer dans le canal. Un air de désolation planait sur l'ensemble.

« Comme ce palais a dû être beau autrefois ! » songea Déborah avec tristesse.

La bâtisse paraissait implorer qu'on la sauve de l'engloutissement fatal auquel elle était vouée à plus ou moins brève échéance. Mais, vu sa taille, le coût de l'entreprise devait être fabuleux, et sans doute y avait-il peu d'espoir.

— Presque une douzaine de familles vivent maintenant ici. C'est une vraie fourmilière !

Mathieu lui avait pris le bras et l'entraînait vers la maison.

A peine avaient-ils franchi la lourde porte de chêne qu'une jeune fille apparut. Son visage s'illumina en apercevant Mathieu, et elle se précipita vers lui.

— Matt !

Les bras noués autour de son cou, elle s'exprimait dans

un italien volubile que Déborah ne pouvait suivre. En la voyant, celle-ci ressentit pour elle une bouffée de sympathie. « La pauvre petite ! » pensa-t-elle. Fallait-il qu'il fût insensible pour profiter ainsi de sa naïveté !

3

— En anglais, s'il vous plaît, Thérésa ! J'ai amené une amie avec moi.

Mathieu s'était doucement détaché d'elle.

— Je vous présente Déborah.

La jeune fille ne put réprimer un brusque mouvement de recul.

— *Ciao !* jeta-t-elle du bout des lèvres à l'adresse de l'indésirable.

— Bonsoir, répondit celle-ci avec un sourire empreint de sympathie.

Mais l'autre n'en tint aucun compte. Sa déconvenue se lisait sur son visage. Sans doute était-elle trop jeune encore pour savoir dissimuler ses émotions. Mais, manifestement, elle n'était pas pressée d'apprendre. Elle devait avoir dix-huit ou dix-neuf ans tout au plus. Petite, bien en chair, très féminine, elle avait un visage au teint mat encadré par une chevelure brune, brillante comme de la soie. Ses immenses yeux noirs, frangés de longs cils, s'embrasaient dès qu'ils se posaient sur Mathieu.

Celui-ci fronça les sourcils en l'entendant s'exprimer à nouveau en italien.

— Je croyais vous avoir dit que Déborah ne parlait pas notre langue.

Comment pouvait-il en être aussi sûr ? songea l'intéressée piquée au vif. En fait, elle la parlait un peu. Pas suffisamment toutefois pour comprendre le flot de paroles dont Thérésa abreuvait son ami. Mais, dans un métier comme le sien, la pratique des langues était essentielle. Aussi parlait-elle couramment le français, l'allemand, le russe, l'arabe, et même le chinois. C'était une jeune Chinoise, secrétaire au journal, qui lui avait donné des leçons dont elle gardait un souvenir ravi. Son père tenait un restaurant asiatique dans Londres, et les cours avaient lieu dans l'appartement au-dessus. Ceux-ci étaient fréquemment interrompus par les allées et venues d'une ribambelle de frères et sœurs, tous plus rieurs les uns que les autres. La chaleur de cette ambiance familiale avait conquis Déborah qui avait ainsi pu aborder d'un cœur plus léger l'étude de cette langue extrêmement complexe...

— Déborah est une amie, disait Mathieu du ton excédé de quelqu'un qui est obligé de répéter plusieurs fois la même chose.

Sans un mot, Thérésa se retourna et les précéda dans l'appartement où avait lieu la réception. Seul indice qu'elle avait pris note de la remarque de son hôte : ses minces épaules avaient marqué un imperceptible fléchissement.

Si Déborah s'attendait à trouver à l'intérieur le même délabrement qu'à l'extérieur, elle fut heureusement surprise : il n'en était rien, bien au contraire ! La décoration était d'un luxe inouï et du meilleur goût. La hauteur des plafonds, les proportions trop vastes des pièces auraient pu être gênantes. Mais une main experte avait su habilement en tirer parti : des coins intimes avaient été aménagés partout, à grand renfort de plantes vertes, de coffres et de statues. Cependant, l'unité de l'ensemble n'était pas pour autant compromise, et la première impression du visiteur était celle d'une incontestable harmonie.

Malgré le monde qui se pressait dans l'immense salle, les invités pouvaient y discuter à l'aise soit debout, le verre à la main, soit confortablement installés sur de gros coussins disséminés un peu partout, à la japonaise. De grands miroirs reflétaient la scène à l'infini.

— Mathieu, comme je suis heureux de vous voir !

Un homme s'avançait vers eux en souriant. Il s'exprimait en anglais, mais son regard conquérant était typiquement italien, et Déborah n'hésita pas un instant : il ne pouvait s'agir que du père de Thérésa.

Mathieu ayant fait les présentations, il adressa à la jeune fille un chaleureux sourire non dénué de curiosité. Thérésa discutait non loin de là — avec un peu trop d'exubérance peut-être. Leur hôte la regarda, regarda Mathieu, mais sans trahir pour autant le fond de sa pensée.

Plutôt petit, massif sans être gros, il avait le teint mat de sa fille et la même chevelure d'un noir d'ébène qui scintillait sous l'éclairage des lustres.

— Déborah, murmura-t-il sans lui lâcher la main. J'adore ce prénom, et je dois dire qu'il vous va à ravir !

Ses lèvres étaient celles d'un homme sensuel, aimant la vie. Et les femmes... songea la jeune fille en son for intérieur. Il la couvrait d'un regard appréciateur, qui n'avait cependant rien d'offensant.

— Vous en connaissez beaucoup ? s'enquit-elle, une lueur de malice au fond des yeux.

Un éclat de rire lui répondit.

— Réflexion faite, je crois que vous êtes la première !

Mathieu écoutait avec une attention polie.

— Votre amie est charmante, lui lança l'homme, en italien cette fois. Tout à fait charmante et... très jolie !

— Merci, répondit celle-ci le plus tranquillement du monde.

Il en fallait plus pour dérouter l'Italien.

— Ah ! s'écria-t-il, vous parlez notre langue ? C'est merveilleux ! Mathieu, vous m'aviez caché cela ?

— Je l'ignorais moi-même, répliqua ce dernier un peu

sèchement. Sans doute n'a-t-elle pas jugé utile de me le dire.

— Je n'en connais que quelques mots, confessa Déborah.

— Ce qui vous suffit amplement, murmura le Signor Scalatio d'un air amusé.

— En fait, un seul est vraiment nécessaire...

Il haussa le sourcil d'un air intrigué.

— « Non »... Et je le connais dans plus de quinze langues ! ajouta-t-elle fièrement.

— Une jeune femme qui a beaucoup voyagé et qui de surcroît, sait admirablement se défendre ! Mon cher, ajouta-t-il à l'adresse de Mathieu, je vous félicite une fois de plus pour votre bon goût !

C'était dit en italien, mais Déborah, d'après le contexte, n'eut aucun mal à en deviner le sens. Le rire des deux hommes lui confirma qu'elle avait raison. Néanmoins, elle resta impassible.

— Laissez-moi vous offrir quelque chose à boire, s'écria alors le signor Scalatio. Déborah, que désirez-vous ?

Il l'appelait tout naturellement par son prénom, sans même chercher à savoir son nom de famille. Elle était une amie de Mathieu, cela suffisait... Mathieu... Qui était-il donc pour avoir ainsi ses entrées dans la haute société vénitienne ? Car les invités, ici, étaient tous de marque. Il suffisait de les regarder pour s'en rendre compte. Certains même étaient des célébrités. Cette Américaine là-bas, par exemple, faisait périodiquement la « une » des journaux à sensation : elle avait déjà trois maris à son actif et autant de pensions alimentaires...

S'emparant du verre que le Signor Scalatio lui tendait, Déborah observa attentivement les autres invités. Nul doute possible, ils étaient tous célèbres à des degrés divers. Le sourire aux lèvres, ils allaient de groupe en groupe, les femmes exhibant leurs diamants, les hommes parlant haut et fort. La jeune fille se prit à regretter le calme de son hôtel. Mais peut-être allait-elle apprendre ici quelque chose sur Mathieu ? D'un autre côté, elle avait assez l'habitude de ce genre de soirée pour savoir que rien n'était moins sûr. Elle aurait alors gaspillé son temps en pure perte.

D'ordinaire, le genre de ces convives était celui qu'elle préférait éviter. S'entretenir avec eux était aussi stérile que de frapper dans un « punching-ball »...

— Vous êtes censée m'accompagner, l'auriez-vous oublié ? lui glissa Mathieu à l'oreille.

— Comment le pourrais-je ? s'écria-t-elle en le contemplant au-dessus de son verre.

— Vous avez l'air de ne pas savoir très bien ce que vous faites ici.

— En effet, convint-elle. Je n'aurais jamais dû accepter de venir.

— Une bonne action n'est jamais perdue...

Comme il était sûr de lui ! Il s'était rapproché d'elle, et elle n'aimait pas du tout la façon dont il la regardait. Sans doute se croyait-il irrésistible ? Malgré elle, elle était forcée de reconnaître qu'il exerçait sur les femmes un certain magnétisme. Mais s'il la croyait comme les autres, il se trompait !

Accaparé par ses autres invités, le Signor Scalatio avait dû les abandonner. Mais leur solitude fut de courte durée, et Déborah n'eut pas à supporter longtemps la tranquille assurance de son compagnon. Des amis l'avaient aperçu qui se précipitèrent pour le saluer. Bien que Mathieu n'omît jamais de la présenter, il était manifeste que lui seul les intéressait.

— La bourse est dangereusement fébrile, vous ne trouvez pas ? lui glissa l'un d'entre eux sur le ton de la confidence.

Mathieu haussa les épaules.

— Ni plus ni moins que d'habitude.

— Une remontée des cours est à prévoir...

— Si vous le dites !...

Le sourire de Mathieu était une manière polie de clore l'entretien. Se le tenant pour dit, l'autre s'absorba dans la contemplation de son verre.

Sa compagne en profita pour parler du dernier enlèvement qui faisait les gros titres de tous les journaux italiens.

— Je crois que je vais rentrer à Paris, déclara-t-elle avec de la nervosité dans la voix. Les choses là-bas y sont plus calmes...

De magnifiques pendants d'oreilles en rubis scintillaient à chacun de ses mouvements. « Ils doivent valoir une fortune ! », songea Déborah en les regardant. Rien d'étonnant à ce qu'elle redoute un rapt. On avait déjà enlevé des gens pour moins que ça...

— Combien de temps comptez-vous rester ici, Mathieu ? s'enquit l'homme de tout à l'heure.

Pourquoi donc les gens s'obstinaient-ils à l'appeler par son seul prénom ? La jeune fille fouilla désespérément sa mémoire à la recherche d'un indice qui pourrait la mettre sur la voie. Durant ces dernières années, elle en avait vu défiler des noms et des visages ! D'habitude, elle était physionomiste... Comment se faisait-il qu'elle ne se souvînt pas de Mathieu ?

Un autre homme passa à proximité, elle le reconnut, cette fois, aussitôt. Il s'agissait d'un attaché d'ambassade italien qu'elle avait rencontré, lors d'une réception officielle dans un pays du Moyen-Orient, plusieurs années auparavant. Ils ne s'étaient rien dit mais lui ne l'avait pas quittée des yeux de toute la cérémonie.

Et, ce soir, il recommençait. Sans doute se demandait-il où il avait déjà vu cette jeune femme blonde. Il s'approcha d'elle en souriant.

— J'ai l'impression de vous avoir déjà rencontrée quelque part...

Sans tenir compte du sourire cynique de Mathieu, elle se tourna aimablement vers l'Italien.

— Si cela était, je m'en souviendrais...

L'autre prit aussitôt sa réponse pour un encouragement.

— Peut-être vous ai-je vue dans les journaux ou à la télévision ?

Visiblement, il la prenait pour quelqu'un de célèbre, ce qui n'avait rien d'étonnant dans une telle assemblée.

— Peut-être, rétorqua-t-elle sans chercher à le détromper.

— Votre robe est ravissante.

Feignant de s'intéresser au tissu, il en profita pour lui effleurer le bras.

— Je suis heureuse qu'elle vous plaise. C'est une fabrication italienne.

Elle l'avait choisie pour le ton très doux et la qualité de la soie. C'était une robe facile à mettre, qui pouvait aussi bien convenir pour une grande soirée que pour un dîner entre amis. Et dans une profession comme la sienne, ce genre de détail avait son importance.

— Combien de temps restez-vous à Venise ?

— Une semaine.

Il n'avait pas retiré sa main, et lui pressait doucement le bras avec le sourire confiant de l'homme qui sent son charme opérer.

Déborah, soucieuse de ne pas le vexer, le laissait faire. Une réaction trop violente aurait pu lui rafraîchir la mémoire, et elle n'y tenait pas. Une fois déjà, lors de cette fameuse cérémonie officielle, il l'avait abordée et elle avait dû poliment lui faire comprendre qu'il perdait son temps.

« Comme c'est bizarre… songea-t-elle. Toutes ces années passées à refuser les avances des hommes pour, à la première occasion, s'amouracher d'un libertin comme Robert ! » Il n'y avait vraiment pas de quoi être fière…

Une de ses amies, un jour, lui avait fait part de sa théorie sur l'amour.

— Il n'existe pas. C'est nous qui l'inventons de toutes pièces au jour et à l'heure de notre choix. Il suffit que nous nous sentions un peu seuls, et nous jetons notre dévolu sur le premier qui se présente.

Déborah avait ri. Elle n'était qu'à demi persuadée.

Son expérience avec Robert avait achevé de la convaincre. Déjà, ses années de journalisme ne l'avaient pas rendue tendre à l'égard des hommes. En reportage avec eux à l'étranger, elle avait appris à les connaître. Loin de leurs femmes, ils étaient pris d'une frénésie de liberté qui les poussait à faire la cour à la première venue. Comme Déborah se trouvait là, ils s'adressaient tout naturellement à elle… et ouvraient de grands yeux lorsqu'elle les remettait vertement à leur place. Mais les célibataires étaient les pires de tous. Pour eux, le fait qu'elle fût libre impliquait automatiquement qu'elle fût consentante. Autant dire le nombre de refus qu'elle avait eus à signifier… et les difficultés qui en avaient résulté dans son travail !

Heureusement pour elle, elle était ambitieuse et intelligente. Depuis son plus jeune âge, elle avait toujours rêvé de faire carrière dans le journalisme. Peu de femmes pouvaient se vanter comme elle de se voir confier la rubrique « Etranger ». Les risques encourus, les déplacements continuels avaient vite fait de décourager la plupart d'entre elles.

— Ne vous faites pas d'illusions, il vous faudra une volonté de fer ! lui avait dit Hal un jour. Vous en sentez-vous la force ?

— Oui, avait-elle répondu sans hésitation.

Et elle n'avait pas failli à sa ligne de conduite. L'essentiel — elle l'avait découvert avec l'expérience — était de rester fidèle à soi-même quoi qu'il arrive. La confiance des autres était à ce prix.

… L'Italien continuait de lui faire la cour à grand renfort de regards langoureux. Encore un qui ne doutait pas de sa bonne fortune… Ennuyée, Déborah se demanda comment elle allait se sortir de cette situation pour le moins délicate.

Mathieu lui ôta ce souci. S'interposant entre eux, il lui passa tout naturellement un bras autour de la taille.

— Magnifique soirée, n'est-ce pas, chérie ?

Réussissant tant bien que mal à cacher sa surprise, elle acquiesça en souriant.

— Magnifique, en effet.

Dans le regard bleu, elle crut lire une dureté qu'elle n'y avait jamais vue auparavant.

L'autre, pour sa part, avait manifestement compris. Une brève formule de politesse, et il disparut dans la foule des invités.

— Vous êtes pleine de surprises, dites-moi, lui glissa Mathieu à l'oreille. Je ne vous imaginais pas aussi coquette…

— Ah non ? Et comment m'imaginiez-vous alors ?

— Je ne sais pas, mais pas ainsi.

— Je vois… Autant dire que vous procédez par élimination ?

Il éclata de rire.

— Avec vous, j'y ai tout intérêt ! Au fait, aimez-vous Modigliani ?

La question fit naître un sourire sur les lèvres de Déborah.

— N'est-ce pas lui qui peignait avec un œil fermé ?

Mathieu ignorait ce détail.

— L'une de ses esquisses est quelque part par là. Scalatio en est très fier ! Elle coûte, paraît-il, une fortune.

— C'est un critère en effet, concéda la jeune fille, non sans ironie.

— Vous voulez la voir ?

— Avec plaisir ! J'adore les femmes de Modigliani. Longilignes, toujours légèrement de profil…

— C'est révélateur de votre conception des choses.

— N'est-ce pas ?

Une grimace tordit les lèvres de Mathieu.

— On vous donnerait le Bon Dieu sans confession… mais ne croyez pas que je m'y fie !

Il l'entraîna brusquement à travers l'immense salle sous le regard curieux des autres invités. Déborah dut reconnaître qu'elle l'avait sous-estimé. Il était plus intelligent que son physique d'athlète ne le laissait prévoir. Dommage qu'elle ne l'ait pas rencontré avant Robert. Elle aurait pu l'aimer... Maintenant, il était trop tard. Elle était à jamais traumatisée. Au moindre moment d'inaction, la pensée de Robert fondait sur elle avec une intolérable acuité. La souffrance était devenue sa compagne de tous les instants.

Le Modigliani était exposé dans une petite pièce toute blanche attenante au grand salon. D'autres toiles l'entouraient, mais à lui seul il captait tous les regards.

Pour l'heure, l'attention de Mathieu allait davantage à la jeune fille qu'au tableau.

— Il vous plaît ?

— Oui.

— Votre enthousiasme me confond ! observa-t-il avec humour.

— Que vous dire d'autre ? Vous vanter ses mérites techniques ? Je ne suis pas un expert ! Je l'aime, voilà tout.

Elle voulut se détourner pour admirer les autres toiles, mais se heurta à Mathieu qui avait eu la même idée. Craignant qu'elle ne perde l'équilibre, il lui prit le bras, or elle se méprit sur son geste et le repoussa violemment. Lorqu'elle s'aperçut de son erreur, il était trop tard.

— Inutile de monter sur vos grands chevaux, je n'avais aucunement l'intention de vous embrasser !

Rougissante, elle balbutia quelques mots inaudibles auquel il ne prêta même pas attention. Une colère sourde l'animait.

— Mais c'est une idée, après tout... J'ai horreur de décevoir une dame.

— Ne soyez pas stupide ! répliqua-t-elle sèchement. Je ne suis pas d'humeur à supporter ce genre de plaisanterie.

— Je vois... Mais que voulez-vous ? Je ne supporte pas qu'on interprète mal mes actes. Jusqu'ici, c'est toujours moi qui ai pris les initiatives...

Les yeux bleus flamboyaient de colère. A le voir ainsi hors de lui, Déborah faillit lui présenter des excuses. Mais au dernier moment, sa haine de la gent masculine l'emporta.

— Quoi qu'il en soit, je vous prierai dorénavant de ne pas me toucher !

Aurait-elle voulu le pousser à bout qu'elle n'aurait pas mieux réussi.

— Je n'aime pas payer pour les autres, gronda-t-il, les mâchoires serrées, en se précipitant sur elle.

Deux mains de fer la saisirent aux épaules, mais elle avait prévu ce geste et lui assena un coup de pied bien senti dans le tibia.

— Aïe ! cria-t-il en marquant un léger recul, sans relâcher toutefois son étreinte. Seigneur, vous avez failli me briser la jambe !

— Et je le ferai si vous ne me lâchez pas !

— Petite peste, je ne vous laisserai pas cette chance !

Ce disant, il l'attira violemment contre lui et posa ses lèvres sur les siennes. Le premier moment de surprise passé, Déborah lutta de toutes ses forces pour se dégager. Sa colère était telle qu'elle finit par y parvenir. Mais alors qu'elle courait vers la porte, se croyant hors de danger, une main derrière elle l'agrippa par sa robe qui se déchira avec un bruit sec. Interdit, Mathieu retira prestement sa main... emportant un pan de la robe avec lui.

Un lourd silence s'ensuivit. Frappés de stupeur, les deux jeunes gens se regardaient, incapables de prononcer un mot. A cet instant précis, la porte s'ouvrit, et Thérésa Scalatio apparut. Elle avait sur les lèvres le sourire de quelqu'un qui s'apprête à s'excuser de faire ainsi irruption. Ce sourire se figea dès qu'elle les aperçut.

Un flot d'italien jaillit de ses lèvres comme le venin de la gueule du serpent. Et, pour la première fois, Mathieu se trouva incapable de l'endiguer. Il se tenait là, les bras ballants, abasourdi par ce qui venait de se produire.

Lorsqu'il sortit enfin de sa torpeur, ce fut pour traverser la pièce à grandes enjambées et entraîner Thérésa à l'extérieur avec lui. Des éclats de voix retentirent derrière la porte.

Déborah en profita pour resserrer autour d'elle les pans de sa robe déchirée. Comment diable allait-elle faire pour quitter la soirée dans cet état ?

De retour dans la pièce, Mathieu s'appuya contre la porte et la toisa d'un air glacial.

— Ne comptez pas sur moi pour m'excuser. Vous l'avez bien cherché !

— Je l'admets. J'ai perdu mon sang-froid...

Cette réaction imprévue de la jeune fille eut pour effet de le désarmer.

— Moi aussi, j'en ai peur. Pardonnez-moi, je me suis conduit d'une façon ridicule. Il n'est pas dans mes habitudes de déchirer les vêtements des femmes. Du moins pas en public...

Cette dernière phrase était accompagnée d'un sourire.

— Ce que vous faites en privé ne regarde que vous !

Déborah se mordit les lèvres. Le moment n'était guère choisi pour faire de l'humour...

Mais, contre toute attente, il éclata de rire, ce qui eut pour heureux effet de détendre un peu l'atmosphère. Se rendant compte brusquement de ce que la situation avait de cocasse, Déborah fut gagnée à son tour par le fou rire.

— La tête de la pauvre petite ! balbutia-t-elle entre deux hoquets. Dieu seul sait ce qu'elle a dû penser de nous...

— Dieu et moi ! Car elle a été très explicite. Les jeunes d'aujourd'hui parlent si crûment ! A seize ans, je n'aurais jamais osé dire le quart de ce qu'elle m'a lancé au visage.

— Seize ans ? dit-elle en reprenant à grand-peine son sérieux. Elle en paraît beaucoup plus !

— Elle est très précoce.

A tous points de vue. Son goût pour les hommes plus âgés...

— Parlons-en ! s'écria-t-il avec une grimace. Cela lui passera, c'est certain, mais pour l'instant, c'est très embarrassant pour moi...

— Je n'en doute pas.

— Je ne voudrais pas la blesser dans ses sentiments, cependant, séduire les petites filles, même précoces, est tout à fait contraire à mes principes.

— Quoi qu'il en soit, les apparences sont parfois trompeuses, murmura Déborah.

— Ce qui signifie ?

— Que vous devez l'excuser pour tout à l'heure. Même s'il n'entre pas dans vos habitudes de déchirer les vêtements des femmes, avouez que le spectacle avait de quoi dérouter Thérésa !

— Vous avez raison, grommela-t-il. Je m'emporte trop facilement...

La jeune fille baissa les yeux sur sa robe.

— Et maintenant, comment, selon vous, vais-je sortir d'ici ?

— Ne vous inquiétez pas, je me charge de vous trouver un manteau.

La main sur la poignée de la porte, il lui lança :

— Quelle redoutable adversaire vous faites ! J'ai l'impression de m'en être tiré à bon compte avec mon tibia endolori...

Avant qu'elle ait pu répliquer, il était sorti. Elle sourit et considéra sa robe d'un œil songeur. Elle aurait mieux fait de lui demander de lui rapporter des épingles. Jamais elle n'aurait pensé que ce tissu était aussi fragile ! Une paire de ciseaux n'aurait pas fait mieux... Elle crut lire de la moquerie dans le demi-sourire de la femme du Modigliani.

— Au moins vous, vous êtes tranquille, murmura-t-elle en soupirant. « Ils » ne peuvent plus rien contre vous...

48

Dès qu'on touchait à leur orgueil, les hommes perdaient toute mesure. Il suffisait qu'une femme leur résiste pour qu'ils se sentent piqués au vif. Mathieu n'échappait pas à la règle : l'indifférence de Déborah l'avait rendu fou furieux, alors que la moindre entreprise de séduction de sa part l'aurait fait fuir.

Comme c'était le cas pour la pauvre Thérésa... A la manière dont elle le regardait, il était flagrant qu'elle était folle de lui. Et lui, au lieu d'être flatté de cette passion d'adolescente, cherchait par tous les moyens à y mettre fin. Il avait du mérite, car la jeune fille était ravissante, avec ce charme juvénile incomparable si souvent prisé des hommes mûrs. Sans doute, au début, avait-il été tenté ? Il fallait bien que quelque chose ait allumé le brasier qui dévorait Thérésa...

La porte s'ouvrit. Il était de retour avec, sur le bras, un manteau qui arracha un cri de stupeur à Déborah. A n'en pas douter, c'était du vison blanc !

— Mon Dieu ! s'écria-t-elle. Où avez-vous trouvé ça ?

— Il vous plaît ? Voyons s'il vous va...

Il l'aida galamment à l'enfiler.

— Superbe ! dit-il en reculant pour mieux l'admirer. On le dirait fait pour vous !

La jeune fille frotta sensuellement sa joue contre la fourrure blanche.

— Je me suis toujours demandé quel effet ça pouvait faire... murmura-t-elle comme pour elle-même.

— Parce que vos soupirants n'ont même pas eu l'idée de vous en offrir un ? Quel manque de savoir-vivre ! Je suis heureux de pouvoir y remédier.

— A qui est-il ? Pas à Thérésa tout de même ?

— Ne vous occupez pas de ça, rétorqua-t-il sèchement.

— Je voudrais bien savoir comment vous vous y êtes pris pour la convaincre de me le prêter...

— Je n'ai pas eu à le faire directement. Je suis passé par son père.

— Oh ! Croyez-vous que ce soit bien raisonnable ?

— Là n'est pas la question. L'important est de sortir d'ici sans susciter de commérages. Je ne tiens pas du tout à me trouver demain en première page de tous les journaux italiens ! Et je sais qu'ils affectionnent particulièrement ce genre d'anecdote.

Dans la fébrilité de l'incident, Déborah n'avait pas envisagé les choses sous cet angle. Elle faillit éclater de rire : elle qui était venue ici dans le secret espoir d'y trouver matière à un sujet d'article ne s'attendait certes pas à y être directement mêlée ! « Dommage, songea-t-elle, que je ne veuille pas voir figurer mon nom dans ce genre de publications. Les journaux romains à scandale m'auraient fait un pont d'or de cette information ! De quoi largement payer mon séjour ici... »

— Après cette soirée, dit-elle à Mathieu, j'ai bien peur que Thérésa ne vous porte plus dans son cœur...

— Cela ne m'inquiète pas outre mesure. Son père, tout à l'heure, semblait plutôt soulagé. La conduite de sa fille devait lui donner quelques inquiétudes.

— Manquerait-il de confiance en vous ? s'enquit-elle insidieusement.

— Il ne m'en a rien dit, mais c'est possible. Ma réputation, hélas...

— Parce que vous en avez une ?

— Bien malgré moi, croyez-le !

Cela ne faisait que confirmer ses soupçons : ce sourire cynique et désabusé était celui d'un homme qui ne comptait plus ses conquêtes. « Je jurerais l'avoir déjà vu quelque part », songea-t-elle. Qui était-il ? Elle aurait donné cher pour le savoir. De l'humour, du charme, de l'énergie à revendre, une bonne dose de « self-control » contrecarrée par une fâcheuse tendance à s'emporter... Ce Mathieu était décidément une personnalité intéressante. Sans compter son physique qui le rendait dangereusement séduisant : même pour quelqu'un d'aussi averti que Déborah, il était difficile de résister au charme enjôleur de ses yeux bleus et de son sourire. Commencerait-elle à le trouver sympathique ? Furieuse, elle chassa bien vite cette pensée. Les hommes étaient tous les mêmes, et elle les haïssait tous ! *Tous...*

La main de Mathieu, remontant doucement son col, la ramena à la réalité.

— Parfait ! dit-il en souriant. Nous pouvons traverser le salon en toute quiétude. Ils ne s'apercevront de rien !

Pourtant, à leur entrée, toutes les têtes se tournèrent vers eux. Comme si personne, dans l'assistance, n'ignorait ce qui s'était passé dans la pièce du Modigliani... Courageusement, Déborah plaqua un sourire sur ses lèvres et suivit aveuglément Mathieu qui lui ouvrait la voie. Elle avait décidé de ne pas prêter attention aux murmures et aux sourires amusés qui saluaient leur passage.

Thérésa se tenait près du buffet, tournant et retournant nerveusement un verre dans ses mains. Elle leur adressa de loin un sourire crispé dans lequel se lisait toute la rancune du monde. Voir Déborah dans son manteau ne semblait pas l'étonner outre mesure, mais ne lui plaisait pas pour autant. Celle qu'elle prenait pour sa rivale était plus grande qu'elle, plus mince aussi, et le vison dégageait un peu trop les jambes à son gré. « Dommage qu'il ne soit pas à moi... » songea Déborah en croisant son reflet dans le miroir. Ce manteau lui allait décidément à ravir.

Qu'est-ce qu'une gamine de seize ans faisait avec un manteau de ce prix ? Mathieu lui avait bien dit qu'elle était gâtée, mais ce genre de cadeau dépassait l'entendement. Encore un père qui ferait bien d'aller consulter un psychiatre !

Une fois dehors, elle poussa un soupir de soulagement. Jamais elle n'avait autant apprécié le clair de lune de Venise.

— Vous vous sentez mieux ? s'enquit Mathieu.

— Beaucoup mieux, merci.

Ils se dirigèrent vers le quai où les attendait la gondole. Mais au moment précis où ils s'embarquaient, une autre gondole apparut, et un homme en descendit avec une agilité telle que Déborah s'arrêta, saisie d'admiration.

C'est alors seulement qu'elle aperçut l'appareil photo.

— Nom d'un chien ! s'écria Mathieu derrière elle.

Impossible pour lui de brusquer les choses sans risquer de faire tomber la jeune fille. Clic ! Clic ! Les flashes crépitaient à la vitesse de l'éclair. Affolée, Déborah tenta de se cacher le visage de ses mains, mais le balancement de l'embarcation lui fit perdre l'équilibre. Sans le bras de Mathieu pour la secourir, elle serait tombée dans le canal. Horrifiée, elle s'aperçut que son manteau s'était entrouvert, laissant voir la robe déchirée. Quelle aubaine pour le photographe ! Clic ! Clic ! Les flashes crépitèrent de plus belle.

Voyant cela, Mathieu obligea la jeune fille à s'asseoir.

— Ne bougez pas d'ici, je reviens ! grommela-t-il avant de s'élancer sur le quai.

Mais il était trop tard. L'autre l'avait vu. En deux enjambées, il avait rejoint sa gondole et sautait à l'intérieur avec la même agilité que tout à l'heure.

— *Ciao*, *grazie*, Signor Tyrell ! cria-t-il en s'éloignant.

Tyrell, Mathieu Tyrell ! Le nom fit sur Déborah l'effet d'une bombe, libérant comme par magie un flot de souvenirs. Mathieu Tyrell, le célèbre dirigeant d'une grande firme internationale de produits pharmaceutiques ! Elle qui avait fait un reportage sur son entreprise quatre ans auparavant, comment avait-elle pu l'oublier ? *Preuve* avait publié toute une série d'articles sur le sujet : une affaire de médicament insuffisamment testé et dénoncé comme dangereux. L'histoire avait fait grand bruit. Comment n'avait-elle pas effectué le rapprochement ? Il est vrai qu'à l'époque, l'affaire seule l'intéressait, pas le dirigeant. La plupart de son travail avait consisté à fouiller les archives à la recherche d'histoires semblables susceptibles d'étayer son dossier.

Oh, Mathieu Tyrell était une cible de choix pour les *paparazzi*, aucun doute là-dessus ! « Mon Dieu ! » songea soudain la jeune fille, réalisant qu'il n'était pas le seul impliqué dans l'affaire, « dans quel guêpier me suis-je fourrée ? » Toute la presse italienne allait commenter le lendemain la photo de Mathieu Tyrell prêtant une main secourable à une jeune fille au manteau entrouvert sur une robe déchirée...

4

Lorsque Déborah gagna enfin son lit ce soir-là, ses yeux se portèrent tout naturellement sur le superbe manteau soigneusement accroché dans la penderie. « On aurait vite fait de s'habituer à porter ce genre de chose », se dit-elle en éteignant la lumière. Mais dans l'obscurité, une horrible vision l'assaillit : quelqu'un pénétrait subrepticement dans la chambre et s'emparait du manteau. Combien coûtait-il ? Une fortune sans doute. Une soudaine angoisse la saisit : si jamais par malheur on le lui volait, elle n'aurait pas assez de toute sa vie pour rembourser la famille Scalatio !

L'idée lui vint alors qu'il devait être assuré. Bien sûr ! Comment n'y avait-elle pas songé plus tôt ? Rassurée, elle se tourna sur le côté et ferma les yeux. Mais le sommeil se refusait à venir.

Après un quart d'heure passé à épier le moindre bruit, elle ralluma sa lumière et se leva. Ayant enfilé sa robe de chambre, elle se dirigea tout droit vers le vison. Où serait-il mieux en sécurité que dans la chambre de Mathieu Tyrell ? Lui au moins avait les moyens de le rembourser !

Ils s'étaient quittés au pied de l'escalier. Elle le soupçonnait de ne pas vouloir donner davantage prise aux commérages. De tout le retour, il n'avait pas prononcé un mot. Et, le voyant absorbé dans ses pensées, elle s'était bien gardée de l'interrompre. Il n'était pas le seul à avoir des soucis...

La pensée d'être soudain projetée, contre son gré, dans la vie publique de Mathieu Tyrell n'avait rien de réjouissant. Si, en plus, il fallait s'inquiéter pour le manteau...

Plusieurs minutes s'écoulèrent avant qu'il n'ouvre la porte. En la voyant, il ouvrit de grands yeux.

— Pourriez-vous veiller sur ceci cette nuit ? Avec ce vison dans ma chambre, je n'arrive pas à m'endormir... Je tremble à l'idée de me le faire voler.

Il se passa nerveusement la main dans les cheveux.

— Dieu, que les femmes sont compliquées !

— Il n'y a rien de compliqué dans le fait de s'inquiéter pour un manteau qui vaut des millions ! Je n'ai aucune envie d'avoir à le rembourser, voilà tout !

— Rassurez-vous, on ne vous le demandera pas.

— Peut-être, mais je préfère ne pas prendre ce risque.

— Eh bien, soupira-t-il, dans ce cas, donnez-le-moi...

A cet instant précis, des pas précipités retentirent dans l'escalier. Mathieu l'attira brutalement dans la chambre et referma la porte derrière lui.

— Inutile de nous faire remarquer davantage.

Un téléphone trônait sur le lit. La jeune fille soupçonna le personnage influent qu'était Mathieu Tyrell d'avoir voulu faire pression sur ses amis pour éviter la parution des photos compromettantes.

En le voyant jeter négligemment le manteau sur une chaise, elle s'indigna.

— Ce n'est pas un vulgaire imperméable ! N'avez-vous donc aucun cœur ?

— Très peu.

Elle crut deviner en lui une soudaine lassitude. Les rides autour du regard bleu s'étaient accentuées.

— J'en ai même si peu que je cherche par tous les moyens à vous tenir hors de tout cela. Mais naturellement, plus j'essaie de vous protéger, et plus j'attise la curiosité de ces vautours...

— Je ne m'attendais pas, de votre part, à un geste aussi chevaleresque !

C'était lancé sur un ton sarcastique qui n'échappa aucunement à Mathieu. Pourtant il se contenta de la toiser d'un regard glacial en disant :

— J'y suis habitué. Vous pas. Et vous risquez de trouver cela peu agréable.

S'en souciait-il réellement ? Déborah n'en était pas sûre, mais elle lui accorda le bénéfice du doute.

— Votre sollicitude me touche beaucoup.

Sans doute jugea-t-il la formule trop cérémonieuse, car son visage se ferma.

— Très bien, ne me croyez pas, c'est votre droit.

Comme il lui tournait brusquement le dos, elle s'aperçut d'une chose qu'elle n'avait pas remarquée jusque-là : il était en peignoir de bain et sortait visiblement de sa douche. De toute sa personne émanait une odeur de lavande qui la troubla plus qu'elle n'aurait su le dire.

Instinctivement, elle se dirigea vers la porte.

— Que vous arrive-t-il encore ? lui demanda-t-il en fronçant les sourcils.

— Je vais me glisser dehors pendant que la route est libre.

Il revint sur ses pas, provoquant chez elle un involontaire geste de recul.

— Rassurez-vous, je n'ai pas l'intention de me jeter sur vous ! lança-t-il d'un ton mordant.

— Mais ce n'est pas du tout ce que je redoutais !

Malgré elle, elle se sentit rougir.

— Oh, si ! Inutile de mentir ; et ne me provoquez pas, je pourrais me mettre en colère...

— Vous feriez mieux de vous en dispenser, rétorqua-t-elle d'un ton rageur en le regardant bien droit dans les yeux. La dernière fois ne vous a pas si bien réussi, que je sache ?

— Peut-être, mais je ressens tout à coup l'envie de vous donner une bonne leçon !

— Je vous le déconseille !

Sans qu'ils s'en aperçoivent, le ton entre eux avait monté. Ils s'affrontèrent du regard en silence.

— J'ai l'impression d'avoir déjà vécu cette scène, murmura-t-il enfin avec un sourire nonchalant.

— En effet...

Et elle éprouva le besoin d'ajouter spontanément :

— Je suis navrée, j'ai encore perdu mon sang-froid...

— Si vous consentiez simplement à vous ôter de l'idée que j'en veux à votre vertu, peut-être pourrions-nous nous entendre !

Déborah éclata de rire en rougissant un peu.

— D'accord. C'est promis !

— Bien, dit-il, soudain plus détendu. Et maintenant, je vais sortir derrière vous pour vérifier s'il n'y a pas de *paparazzi* dans les parages. Mais je vous en prie, ne hurlez pas si je vous suis d'un peu trop près !

— Je ne suis pas complètement idiote ! protesta-t-elle en souriant.

— Non, mais avec les femmes, on ne sait jamais...

— Misogyne !

Il lui ouvrit la porte et fit comme il avait dit.

— La voie semble libre. Vous pouvez y aller.

— Bonne nuit, murmura-t-elle, soulagée à l'idée de quitter cette chambre dont l'intimité l'oppressait.

Mais la petite lueur espiègle reparut dans les yeux de Mathieu.

— Je ne peux pas vous laisser partir comme ça... dit-il en l'attirant brusquement contre lui pour lui effleurer les lèvres d'un baiser.

Une porte vitrée marquée « Service » était juste derrière eux. Elle s'ouvrit à toute volée, livrant passage à un homme armé d'un flash. Le temps de réaliser qu'il s'agissait du même individu que tout à l'heure dans la gondole, il était trop tard. Le cliché était pris.

Fou de rage, Mathieu écarta vivement la jeune fille et s'élança à la poursuite de l'impudent. Déborah se couvrit le visage de ses mains.

« Je ne comprends pas ! songea-t-elle. Comment a-t-il pu être assez stupide pour agir ainsi ? » Mais elle dut vite se rendre à l'évidence : avec ou sans baiser, le résultat était le même. De toute manière, ils auraient été pris sortant de la chambre de Mathieu. Et le baiser ne faisait que souligner une intimité déjà suggérée par leur tenue vestimentaire.

Bouleversée, elle rentra dans la chambre dont la porte était restée ouverte et se laissa tomber sur le lit. Distraitement, elle joua avec ses mules. Elle avait dépassé le stade de la colère. Elle attendait le retour de Mathieu, voilà tout.

Lorsqu'il entra, elle vit tout de suite à son expression qu'il n'avait pas rattrapé l'homme au flash.

— Lui et son maudit appareil se sont évanouis dans la nature ! grommela-t-il en refermant la porte. Comme si vous n'aviez pas pu rester dans votre chambre ! On n'a pas idée de prendre un risque aussi stupide...

Il s'arrêta soudain, comme frappé d'une idée subite. Son regard se durcit en se posant sur la jeune fille.

— Evidemment... comment n'y ai-je pas pensé plus tôt ?

— A quoi ? demanda-t-elle, étonnée.

— Je suis vraiment trop naïf...

— De quoi voulez-vous parler ? Je ne comprends pas...

— Vous allez comprendre très vite.

Le ton aurait dû l'alerter. Mais cette soirée avait été si riche en émotions qu'elle se sentait d'un calme à toute épreuve. Aussi le vit-elle approcher sans crainte.

— J'ai horreur qu'on se paie ma tête ! Vous allez l'apprendre à vos dépens, laissa-t-il tomber d'une voix sourde.

A la grande stupéfaction de Déborah, il l'obligea à se

mettre debout et l'attira violemment contre lui. Puis il lui renversa la tête en arrière et plaqua ses lèvres sur les siennes avec brutalité. Elle avait beau se débattre comme une forcenée, lui marteler la poitrine de ses poings, il la maintenait solidement. De toute sa force virile, il la tenait à sa merci.

Pour comble de malchance, elle heurta le bord du lit dans sa lutte et, voulant se raccrocher à la chemise de Mathieu, l'entraîna avec elle.

— Voilà donc où vous vouliez en venir ? railla celui-ci d'un ton qu'elle n'aimait pas du tout. Je dois reconnaître que vous ne manquez pas d'esprit inventif ! J'ai déjà rencontré des intrigantes dans mon existence, mais vous les battez toutes ! Votre pseudo-agression d'hier soir n'était qu'une comédie ! Vous vous êtes moquée de moi depuis le début. Qui êtes-vous donc ? Une actrice en mal d'emploi ?

— Allez-vous me lâcher ! s'écria Déborah pour toute réponse en le repoussant violemment.

— Vous ne savez pas ce que vous voulez, ma chère ! Ou peut-être les choses sont-elles allées trop loin à votre gré ? Il ne fallait pas tenter le diable...

Il souriait, mais ses yeux bleus brillaient d'un éclat féroce.

— Pour le compte de qui agissez-vous ? L'homme au flash ? C'est votre petit ami ?

— Laissez-moi ! Vous vous égarez...

— Pas le moins du monde, coupa-t-il sèchement. J'ai l'habitude des maîtres chanteurs. Ce n'est pas la première fois ! Combien voulez-vous ?

— Mon Dieu ! murmura la jeune fille anéantie.

— Assez de simagrées. Je paierai le prix qu'il faudra pour ces photos... Mais avant, je veux en avoir pour mon argent !

Joignant le geste à la parole, il l'embrassa à nouveau. Avec une violence telle qu'elle crut sentir le goût du sang sur ses lèvres.

— Oh ! Non, je vous en prie... balbutia-t-elle, éperdue.

Le sentant prêt à tout, elle était prise de panique. En plus de la colère, une autre lueur venait de s'allumer dans les yeux de Mathieu. Une lueur qu'elle reconnaissait... Ses joues s'empourprèrent.

— Quelle comédienne vous faites ! s'exclama-t-il d'un ton sardonique. Pleurer sur commande, c'est déjà un exploit, mais rougir !... Je n'avais encore jamais vu ça ! Vous avez décidément le don de me surprendre.

Le ton était hostile, mais les caresses de plus en plus précises, et Déborah ne pouvait s'empêcher d'y être sensible. Les mains du jeune homme lui parcouraient la nuque et les épaules, faisant naître des frissons sur sa peau. Incapable de répliquer, elle ferma les yeux.

— Voilà qui est mieux ! lança-t-il avec un sourire inquiétant. Vous ne vous attendiez pas à ce genre de contre-attaque, n'est-ce pas, Déborah ? Est-ce là votre vrai nom ? Qu'importe, il vous va bien, comme l'a fait remarquer Scalatio tout à l'heure... Pourquoi ne pas m'avoir fait une offre tout de suite ? Cela vous aurait évité de perdre un temps précieux à vous et à votre petit ami...

Il l'enlaça plus étroitement, lui arrachant un léger cri.

— A la seconde même où je vous ai vue, je me suis senti attiré vers vous. J'aurais pu me montrer généreux, vous savez. En général, je n'apprécie guère ce genre d'aventure d'un soir... Mais il suffisait de le demander gentiment, et nous aurions pu trouver un terrain d'entente.

La peur panique de Déborah s'était évanouie d'un coup. Très calme, elle se laissait insulter sans réagir. A quoi bon crier et tempêter ? Elle n'obtiendrait rien de lui. Aveuglé par la colère comme il l'était — et sans doute aussi par le désir — il n'écouterait rien de ce qu'elle pourrait lui dire. Comme tous les hommes, c'était un opportuniste qui ne cherchait qu'une chose : profiter de la situation. Il fallait jouer serré et ne rien faire qui puisse éveiller sa méfiance.

Etendue sous lui, elle laissa échapper une plainte.

— J'ai très mal au dos... Je dois être couchée sur quelque chose.

Ce n'était manifestement pas le genre de déclaration qu'il attendait. L'espace d'un éclair, elle le sentit désorienté et en profita.

— Si vous consentiez à me libérer un instant, poursuivit-elle en levant sur lui de grands yeux candides, je pourrais peut-être voir de quoi il s'agit...

Après avoir hésité un instant, il haussa les épaules et se mit debout. Elle s'assit aussitôt et regarda derrière elle. Un livre gisait sur le lit. Mathieu s'en empara et le jeta nerveusement par-dessus son épaule.

S'enfuir maintenant eût été une folie. Il n'aurait eu aucun mal à la rattraper. Dans son métier, Déborah avait appris à faire face à n'importe quelle situation. Elle préféra temporiser.

— Laissez-moi m'expliquer. Et si vous ne me croyez pas, tant pis pour vous. Ce n'est pas un coup monté. Je n'ai pas plus envie que vous d'être mêlée à un scandale.

Comme elle s'y attendait, la colère de Mathieu sembla s'apaiser. Elle commençait à le connaître. L'intermède du livre avait suffi à le distraire.

Encore un peu de patience, et il aurait tout à fait retrouvé son état normal.

— Faites croire cela à d'autres ! grommela-t-il néanmoins.

— Je pourrais vous donner ma parole d'honneur, mais vous ne me croiriez pas davantage. Vous prouver que ma réputation à Londres est des plus respectables ? Il n'est guère facile pour vous de le vérifier à cette heure de la nuit ! En revanche, j'ai ma petite idée sur l'identité véritable de l'instigatrice de tout cela....

Si elle avait cherché à l'intriguer, elle n'aurait pu mieux réussir. Mathieu Tyrell enfonça nerveusement les mains dans les poches de son peignoir, qui s'ouvrit légèrement sur sa poitrine nue. La jeune fille en fut profondément troublée.

« Ce n'est pas le moment de me laisser détourner de mon but par ce genre de détails ! » se dit-elle, furieuse contre elle-même.

— Eh bien ? s'impatienta-t-il.

— Je soupçonne fort votre chère Thérésa...

Cette idée la poursuivait depuis le début. Mais elle s'était bien gardée de s'en ouvrir à Mathieu de peur de le voir partir en guerre contre la jeune fille. Il ne fallait pas lui en vouloir. Si elle avait alerté les *paparazzi*, c'était dans un accès de jalousie... Seulement, maintenant, la propre réputation de Déborah était en jeu. Sa vertu aussi. Et elle n'allait tout de même pas laisser Mathieu abuser d'elle pour les beaux yeux de Thérésa Scalatio ! Son indulgence avait des limites.

Au nom de sa jeune admiratrice, il tressaillit.

— Je n'avais pas songé à cette éventualité, avoua-t-il d'une voix sourde.

— Vous l'auriez dû ! Permettez-moi de vous dire que vous manquez singulièrement d'esprit logique ! Comment aurais-je pu prévoir que ma robe allait être déchirée lors de cette soirée ? Quant à poster un photographe dehors pour saisir un événement dont j'ignorais tout, l'heure précédente, c'est proprement stupide...

— Inutile de prendre ce ton condescendant ! coupa-t-il sèchement. Qui me dit d'ailleurs que vous ne mentez pas ?

— Vous savez très bien que non. Si j'étais la créature perverse que vous imaginez, je n'aurais pas pris la peine de vous résister. Au contraire, je me serais jetée dans vos bras.

— Cette image n'est pas pour me déplaire...

Il souriait.

— Oubliez-la ! répliqua-t-elle d'un ton cassant. Je n'ai aucun talent de maître chanteur et je suis une femme honnête. C'est pourquoi je n'ai aucune envie de voir paraître ces photos dans les journaux.

Il se laissa tomber sur le lit à côté d'elle et se passa la main dans les cheveux, comme à chaque fois qu'il était préoccupé.

— J'ai bien peur de devoir encore vous présenter des excuses... Deux fois en une seule soirée, c'est beaucoup !

— Vous m'aviez prévenue : vous avez mauvais caractère...

— Pas mauvais, protesta-t-il. Un peu vif, c'est tout.

Comme Déborah ne faisait pas de commentaire, il ajouta avec un petit rire :

— J'aurais dû m'en douter. Les Italiens sont réputés pour avoir le sang chaud ! Il n'y a qu'à voir leurs opéras... C'est bien de Thérésa de me jouer ce genre de tour. Je vous l'ai dit, elle est dangereuse. Je frissonne à la seule idée de penser à ce qu'elle sera dans dix ans ! Quand on voit ce dont elle est capable à seize...

— Elle est amoureuse, voilà tout.

Déborah était tellement soulagée de le voir revenir à de meilleurs sentiments qu'elle se sentait prête à toutes les concessions.

— Vous êtes bien compréhensive ! Pour ma part, je me sens beaucoup moins enclin à l'être. Je ne sais ce qui me retient de téléphoner à son père pour le mettre au courant des agissements de sa fille !

— Pas sans preuve, lui fit observer doucement la jeune fille. On ne se jette pas à l'eau avant de vérifier au préalable que le bassin est bien rempli...

Il leva sur elle un regard amusé.

— Je sais... Votre influence sur moi est décidément détestable !

— Voilà bien un réflexe masculin ! Toujours faire retomber la faute sur la femme...

— Après le péché originel, comment pourrait-il en être autrement ? s'exclama Mathieu en riant.

Déborah ne se laissa pas démonter pour autant.

— Qui a écrit la Bible ? Pas une femme, que je sache !

— En tout cas, je n'en ai jamais rencontré une comme vous, constata-t-il en la dévisageant soudain avec plus d'insistance. Voilà seulement vingt-quatre heures que je vous connais, et vous me laissez sans voix !

— Ah ? Je ne l'avais pas remarqué...

— Votre esprit caustique n'a rien à envier à celui d'un homme.

— Si vous considérez ça comme un compliment, moi pas !

Il rit de nouveau et lui effleura doucement la joue.

— Dois-je encore m'excuser ?

— J'en ai l'impression.

En le voyant se rapprocher d'elle, Déborah crut préférable de se lever et de se diriger vers la porte.

— Il doit être fou... murmura Mathieu en se levant à sa suite.

Elle le considéra, interdite.

— ... Celui qui vous a laissée partir ainsi sans chercher à vous retenir, termina-t-il.

— Oh, lui ! s'écria-t-elle en pâlissant.

Elle l'avait presque oublié. Avec tous ces événements, le présent avait relégué le passé au second plan. Mais voilà que la pensée de Robert revenait en force, avec tout son cortège de peines et d'humiliations. Peu désireuse de se donner en spectacle à Mathieu Tyrell, elle se détourna vivement et ouvrit la porte.

— Attendez ! On n'est jamais trop prudent.

Il passa devant elle et jeta un coup d'œil dans le couloir.

— Vous pouvez y aller. Le champ est libre !

Au passage, elle crut lire de la sympathie dans son regard. « Je n'ai que faire de sa pitié ! » songea-t-elle en se raidissant.

— Bonne nuit ! lança-t-elle très vite. Et j'espère que cette fois sera la bonne.

Elle regagna sa chambre sans encombre. L'hôtel était

calme et tranquille. Elle se glissa entre les draps en bâillant. Jamais elle ne s'était sentie aussi épuisée. Mais le sommeil, là encore, tarda à venir.

Dire qu'elle avait failli céder à Mathieu Tyrell... Il s'en était fallu de peu. Au simple rappel des caresses qu'il lui avait prodiguées, elle frissonna. Sans doute ce moment de faiblesse était-il dû au profond désarroi dans lequel l'avait laissée sa rupture avec Robert ? Quoi qu'il en soit, elle avait intérêt, désormais, à se tenir sur ses gardes.

Quel homme imprévisible, ce Mathieu ! Il se mettait dans des colères folles pour, l'instant d'après, redevenir le plus agréable des compagnons. A un autre moment, elle aurait pu le trouver sympathique... Mais dans le contexte présent, il n'en était pas question. Elle détestait trop les hommes.

Hélas, qu'elle le veuille ou non, elle allait être impliquée avec lui dans un scandale. Les journaux feraient état des photos, et ils seraient harcelés de toutes parts. « Je ferais bien d'appeler Hal tout de suite pour l'avertir » se dit-elle en étouffant un bâillement. Bah ! Il serait toujours temps demain... Bercée par le clapotis de l'eau sous ses fenêtres, elle sombra enfin dans le sommeil.

Elle fut réveillée par des coups violents frappés à sa porte. Le soleil entrait à flots par la fenêtre. Elle enfila en hâte sa robe de chambre et alla ouvrir en titubant.

Le responsable de tout ce tapage n'était autre que Mathieu Tyrell. Il se rua dans la chambre comme une furie.

— Petite garce ! Vous me le paierez cher, je vous le promets...

— Oh, non ! gémit-elle. Pas encore...

— Le pot aux roses est découvert, rugit-il en serrant les mâchoires.

— Expliquez-vous ! Je ne comprends pas un traître mot de toute cette histoire...

Tout en parlant, elle s'empressa d'aller fermer les

rideaux. L'éclat du soleil vénitien était un supplice pour ses yeux.

— « Miss Linton, la journaliste bien connue... »

Il brandissait son journal comme un étendard.

— Tout est là-dedans ! Et moi qui vous croyais actrice ou mannequin...

Déborah n'en croyait pas ses oreilles. Comment les *paparazzi* avaient-ils pu découvrir ça ? La réponse ne tarda pas à s'imposer d'elle-même : le réceptionniste de l'hôtel ! Ne lui avait-elle pas remis son passeport à son arrivée ? Il suffisait de le consulter pour savoir qu'elle était journaliste.

Les touristes étrangers étaient tenus de se faire enregistrer. Elle aurait dû prévoir ce genre d'indiscrétion.

— Je savais bien que vous complotiez quelque chose ! s'exclama Mathieu en lui lançant le journal d'un geste rageur.

Elle s'en saisit et reçut un choc en apercevant la photographie qui s'étalait en première page.

— Mon Dieu ! C'est terrible... gémit-elle, catastrophée. Vous, on a l'habitude de vous voir dans les journaux ; mais moi ? Que vont dire mes amis ? Ils ne me reconnaitront pas ! J'ai l'air d'une vraie harpie.

— Je ne vous le fais pas dire ! hurla-t-il.

— Ne criez pas comme ça, je vous en prie ! Ma tête me fait horriblement souffrir, et je manque de sommeil.

Elle poussa un profond soupir.

— Bien sûr, j'ai eu tort... J'aurais dû vous dire que j'étais journaliste. Mais vu la piètre opinion que vous aviez de la profession, j'ai préféré m'abstenir.

Il la considéra avec une rage sourde.

— Et dire que je vous ai présenté mes excuses ! Moi qui me vantais d'être un fin psychologue, je vais devoir réviser mon jugement. Me tromper si lourdement sur votre compte...

— Et vous persévérez aujourd'hui...

— Oh non ! Je sais parfaitement maintenant à quoi m'en tenir. Combien vous a rapporté cette petite affaire ?

— Pas un sou.

La colère commençait à la gagner à son tour.

— Voyons, quel bénéfice voulez-vous que je tire de toute cette histoire ?

— Lisez, et vous verrez.

Elle se baissa pour s'emparer du journal. Son mal de tête devenait de plus en plus lancinant. Impossible de se concentrer sur le texte. Les phrases dansaient devant ses yeux, reléguant bien loin ses quelques notions d'italien.

— Que disent-ils ? demanda-t-elle enfin.

— Comment ? Votre italien vous ferait-il brusquement défaut ?

Sans doute avait-il décidé de mettre systématiquement en doute tout ce qu'elle avançait.

— Très bien, répliqua-t-elle avec un haussement d'épaules. Si vous ne voulez rien me dire, libre à vous ! En fait, je ne m'en soucie guère.

— Ils vous présentent tout simplement comme ma dernière conquête... Or vous et moi sommes suffisamment avertis pour savoir ce qu'ils entendent par là !

— Evidemment ! Mais une conquête de plus ou de moins à votre actif... Je ne vois pas pourquoi vous vous mettez dans un tel état !

— Ah ! Vous ne voyez pas ? Eh bien, je vais vous le dire, moi !

Il écumait littéralement de rage.

— Toute cette affaire a été soigneusement mise sur pied avec votre concours. C'est un coup monté !

— Oh ! Je vous en prie, ne soyez pas stupide. Qui voudrait se donner tant de mal pour le seul plaisir de voir sa photo dans les journaux ?

— Les journalistes sont capables de tout. Ils vendraient leur âme pour un sujet d'article !

— Je ne suis pas de ceux-là.

Comment avait-elle pu le prendre pour un homme

intelligent ? Il était obsédé par l'idée de tomber dans un piège.

— Qui êtes-vous alors ?

Elle ne se faisait pas d'illusions : sa réponse n'allait guère lui donner une meilleure opinion d'elle-même. Elle hésita.

— Je fais partie de l'équipe de *Preuve*, dit-elle enfin.

L'espace d'une seconde, il resta sans voix. Sur son visage se peignaient les expressions les plus diverses, dont aucune n'était à l'avantage de Déborah.

— Seigneur ! C'est encore pire que ce que je pensais...

Ses yeux lançaient des éclairs. Non, décidément, ce n'était pas une preuve d'intelligence de se mettre dans des colères pareilles... se dit la jeune fille.

— Cette bande d'infâmes parasites qui ont failli me coûter ma carrière pour une simple histoire de médicament soi-disant dangereux !

— Plusieurs personnes en sont mortes, je vous le rappelle ! riposta-t-elle avec force. Et tout ça parce que le produit n'avait pas été suffisamment testé !

— C'est faux ! Il s'agissait d'un effet secondaire totalement imprévisible !

— Croyez-vous ? Il suffisait de prolonger l'expérimentation quelques années de plus...

— ... et laisser souffrir inutilement de pauvres malheureux ? Non, nous n'en avions pas le droit ! Ce remède était une découverte fondamentale pour des milliers de gens... Ce que, d'ailleurs, vous vous êtes bien gardée de souligner dans *votre* campagne ! Car c'était bien vous l'instigatrice, n'est-ce pas ?

— Oui, concéda-t-elle.

A quoi bon tenter de se défendre ? Il ne l'aurait pas écoutée... Le visage fermé, il la toisait d'un regard glacial.

— Le moins qu'on puisse dire, c'est qu'à *Preuve* vous ne manquez pas de suite dans les idées ! Mais pourquoi avoir attendu si longtemps pour relancer l'affaire ? Là, je ne vous suis pas...

— Vous vous méprenez complètement, répliqua-t-elle, excédée. *Preuve* n'est pour rien dans la publication de ces photos.

Prise de frissons , elle resserra d'un air las la ceinture de sa robe de chambre. Le manque de sommeil commençait à se faire sentir. Avec ses cheveux épars sur les épaules et son visage exempt de tout maquillage, elle devait avoir bien piètre allure !

Lui, par contre, ne semblait nullement affecté par la nuit mouvementée qu'il venait de passer. Et pourtant, à en juger par son visage rasé de près, il avait dû se lever à l'aube ! A cette heure matinale, il arborait un costume sombre d'une sobriété parfaite. La seule note de couleur provenait de la cravate en soie bleue qui faisait ressortir, s'il en était besoin, l'éclat métallique de son regard.

— Je n'aime pas beaucoup être l'objet d'une *vendetta*, grommela-t-il.

— Mais qu'allez-vous donc chercher là ? s'écria Déborah avec une irritation croissante. Vous n'êtes pas l'objet d'une *vendetta* !

— Cette fois, vous ne vous en tirerez pas aussi facilement !

— Ce qui veut dire ?

— Vous le saurez bien assez tôt !

Sur cette sentence énigmatique, il quitta précipitamment la chambre.

En entendant claquer la porte, la jeune fille porta la main à sa tête. C'était l'homme le plus impossible qu'elle ait jamais rencontré ! Elle songea à l'époque bénie où elle ne le connaissait pas encore. Le portier avait raison : elle n'aurait jamais dû s'aventurer dehors par temps de brouillard ! Si elle avait su ce qui l'attendait...

5

Après avoir pris sa douche et s'être habillée, Déborah décida d'appeler Hal. Il était déjà au courant. Sans lui laisser le temps d'ouvrir la bouche, il éclata de rire.

— Voilà donc pourquoi vous teniez tant à aller à Venise ! Petite cachottière ! Et vos belles théories sur l'indépendance des femmes ?

— Mais, Hal, il n'y a pas un mot de vrai dans toute cette histoire !

— A d'autres, ma chère ! Vous et moi sommes bien placés pour savoir qu'il n'y a pas de fumée sans feu...

Son rire résonna dans l'appareil tel un grondement de tonnerre. C'était rare de le trouver d'aussi bonne humeur. Déborah avait bien choisi son jour.

Pour l'heure, elle était anéantie.

— Vous n'allez tout de même pas me dire, hasarda-t-elle d'une voix blanche, que les journaux anglais relatent déjà la nouvelle ?

— Non, non, pas encore, rassurez-vous ! Mais je viens d'avoir un appel de Rodney. Il est à Rome, vous vous souvenez ? En voyant votre photo dans la presse, il a failli en avaler son cigare !

Pas l'ombre d'un sourire ne se dessina sur le visage de la jeune fille. Ce Rodney avait le don de se trouver toujours là où il était le plus indésirable...

— J'ignorais qu'il était à Rome.

— Bien sûr, vous n'écoutez jamais ce qu'on vous dit. Je l'ai envoyé là-bas pour les prochaines élections qui auront lieu dans un mois...

— Et il perd son temps à vous raconter les derniers potins italiens ! Belle conscience professionnelle...

— Pas de mauvais esprit, Déborah. Vous savez très bien que Rodney a nos intérêts à cœur. Il a tenu à ce que je sois le premier averti, voilà tout.

— Comme c'est aimable à lui ! Mais Hal, je vous le répète, rien de tout cela n'est vrai ! C'est un malencontreux concours de circonstances...

— Malencontreux, voyez-vous ça ! Rodney m'a décrit les photos, et j'en ai déduit que vous aviez dû avoir une nuit bien mouvementée ! Je me trompe ?

— Oh, je vous en prie !

Elle raccrocha l'appareil avec force. C'était plus qu'elle n'en pouvait entendre... Quel homme était-il donc pour croire ainsi le premier ragot venu ?

Il la rappela cinq minutes plus tard.

— A propos de cette affaire, un papier de vous serait le bienvenu...

— Je n'ai aucunement l'intention d'étaler ma vie privée au grand jour, répliqua-t-elle sèchement. D'autant plus que je n'ai rien à raconter !

Elle était vraiment furieuse, et Hal dut le sentir car il préféra amorcer une savante retraite.

— O.K. Dites-moi seulement le fin mot de l'histoire, et je vous tiendrai quitte.

Déborah hésita avant d'annoncer d'un ton péremptoire :

— Nous sommes bons amis, rien de plus.

Le rire de Hal résonnait encore au bout du fil lorsqu'elle raccrocha pour la seconde fois. Une minute plus tard, le téléphone sonnait à nouveau.

— Je vous revaudrai ça un jour, Hal, je vous le promets ! lança-t-elle, excédée.

La voix suave de Rodney lui répondit.

— Il me semble avoir déjà entendu ça quelque part...

— Oh, c'est vous ? Qu'est-ce qui vous a pris d'alerter Hal avec ces ragots ridicules ? Vous n'êtes pas à Rome pour ça, que je sache ?

— L'intérêt du journal, ma chère ! Pour moi, il passe avant tout...

A l'entendre, Déborah eut l'impression d'avoir devant elle le petit homme corpulent aux cheveux roux. Son air suffisant l'avait toujours agacée. Et ce don qu'il avait de flairer la nouvelle avant tout le monde ! Il se faufilait partout sans faire de bruit, et lorsqu'on s'apercevait de sa présence, il était trop tard... Tout en le trouvant insupportable, Déborah ne pouvait s'empêcher de l'admirer. Sur le plan purement professionnel, il était génial !

— Dites plutôt l'intérêt de Rodney Harris, et nous serons d'accord !

— Quel esprit caustique, ce matin ! railla son collègue avec une évidente satisfaction. Au lieu de vous emporter, calmez-vous et racontez-moi tout.

— Mettriez-vous en doute la bonne foi des journaux ?

— Rien ne m'échappe, vous le savez bien. Voilà moins de quinze jours, vous étiez folle de Robert Langton... Je vous vois mal entamant aujourd'hui une idylle avec Mathieu Tyrell. N'ai-je pas raison ?

La jeune fille soupira. Elle avait mésestimé Rodney. Il n'était pas si méchant, après tout.

— J'ai tout de suite compris où vous vouliez en venir, poursuivit ce dernier.

— Où je voulais en venir ? Qu'entendez-vous par là ?

— Toutes mes félicitations ! Franchement, je ne vous croyais pas si habile... En tout cas, à votre place, c'est exactement ce que j'aurais fait.

Déborah écarta l'appareil de son oreille comme si elle doutait d'avoir bien entendu.

— De quoi parlez-vous, Rodney ? Je ne comprends pas !

— Mais si, vous avez choisi de mener votre enquête

sur Tyrell de l'intérieur, et je vous approuve totalement. C'est une bonne vieille méthode qui a fait ses preuves ! Moi qui vous prenais pour une féministe affreusement puritaine, je dois dire que vous m'épatez !

Ulcérée, elle raccrocha encore une fois. Connaissant Rodney comme elle le connaissait, elle aurait dû s'attendre à une réaction de ce genre. En un sens, il n'était pas malhonnête : c'était bien la manière dont *lui* aurait procédé. Les exemples de ce genre abondaient dans son existence. Tous les moyens lui étaient bons pour écrire ses articles, et il n'était pas à une entreprise de séduction près. D'autant qu'à l'en croire, il avait une vie sentimentale particulièrement tumultueuse et ne comptait plus ses succès féminins. Lors d'un week-end mortellement ennuyeux à Moscou, il avait tenté de distraire Déborah en lui expliquant sa théorie sur l'amour. Pour lui, c'était mathématique.

— Comme la roulette, lui avait-il déclaré. Si vous mettez votre mise sur le noir, tôt ou tard le noir sortira. Eh bien, c'est pareil avec les femmes : si vous savez vous montrer patient, tôt ou tard elles finissent par dire oui.

Elle l'avait toisé d'un regard méprisant.

— Vous êtes un odieux personnage ! Et votre conception rétrograde de la femme me révolte.

Sous l'influence de la vodka, elle avait pris un ton inhabituellement solennel.

— Normal ! Comme toutes vos congénères, vous avez horreur de la vérité. Vous préférez, et de loin, le monde enchanteur du romanesque.

— Je m'explique maintenant pourquoi vous ne vous êtes jamais marié, avait-elle répliqué d'un ton acerbe.

— Et vous ? Telle que je vous connais, vous attendez le grand amour, n'est-ce pas ?

— Ce genre de rêve est mort et enterré depuis longtemps !

C'était vrai. Voilà bien longtemps qu'elle ne se faisait plus d'illusions sur les hommes. Combien en avait-elle repoussés qui, comme Rodney, avaient une théorie mathématique sur l'amour ? Ils s'attendaient tout naturellement à ce qu'elle leur dise oui et se montraient scandalisés de la voir refuser. Pour eux, l'amour était un besoin comme un autre, oublié à peine assouvi. Or Déborah se révoltait de tout son être contre cette conception. Elle exigeait davantage de la vie. Avec Robert, elle avait cru découvrir autre chose. Le véritable amour... « Ne me prends pas au sérieux ! » Il l'avait mise en garde, et elle était restée sourde à son appel.

« Sourde, muette et aveugle », songea-t-elle en sortant prendre l'air sur son balcon. Un craquement sinistre se fit entendre sous ses pieds. Le portier l'avait prévenue mais elle avait décidé de ne pas y prêter attention. Qu'il s'écroule ! Elle s'en moquait.

Les petites fenêtres de la maison d'en face restaient obstinément closes. Ce mur était à l'image de sa vie : percé de rares ouvertures, toutes barrées...

L'eau, ce matin, était d'un vert étrange. Sans doute le reflet des rayons du soleil dans les profondeurs du canal... Elle eut envie d'être un poisson pour voir filtrer la lumière d'en dessous.

Perdue dans ses rêveries, elle n'entendit même pas frapper. Cependant, lorsque les coups redoublèrent, elle quitta à regret son balcon pour aller ouvrir. C'était Mathieu qui revenait. Il s'engouffra dans la chambre avec sa brusquerie habituelle.

— Ah ! Vous êtes habillée. Tant mieux !

— Que voulez-vous encore ?

— Est-ce une manière de parler à son fiancé ?

Devant l'air stupéfait de Déborah, il afficha un sourire sardonique.

— Vous avez bien entendu...

Il se dirigea vers la fenêtre qu'il ferma.

— Vous n'étiez pas sur ce balcon, j'espère ? Il n'est pas sûr. Le portier a dû vous prévenir ?

— Oui, murmura-t-elle. Vous avez dit « fiancé » ?

— S'il vous a prévenue, que faisiez-vous dehors ? Vous voulez vous tuer ?

— En cet instant précis, cela me serait parfaitement égal !

— Voilà de bien sombres pensées...

A en juger par son sourire, il était visiblement très content de lui.

— Qu'avez-vous manigancé ? Pourquoi employer ce terme de fiancé ?

— Je vous ai prévenue : je ne me laisserai pas ridiculiser ! *Preuve* ne me traînera plus dans la boue, c'est fini.

Déborah glissa nerveusement les mains dans les poches de son cardigan.

— Tout ça ne me dit pas ce que le mot « fiancé » vient faire là-dedans !

— J'ai annoncé, voilà dix minutes, nos fiançailles à la presse, lança-t-il négligemment.

— Je vous en prie, ne soyez pas ridicule !

— Vous avez la langue bien acérée pour une dame. Dorénavant, je vous demanderai un peu plus de respect. Surtout en public !

Elle ravala péniblement sa salive.

— Vous ne parlez pas sérieusement ? Vous n'auriez pas commis une telle folie ?

Mais, au fond d'elle, elle l'en savait parfaitement capable. Il n'y avait qu'à voir le sourire mauvais qu'il arborait.

— Quel meilleur moyen aurais-je pu trouver de couper court aux commérages ? Jusqu'à ce que cesse le tintamarre fait autour de nos noms, nous resterons fiancés. Après — c'est-à-dire d'ici quelques semaines — vous pourrez retourner d'où vous venez ! Mais d'ici là... pas question de me faire faux bond.

Elle se mit dans une colère folle.

— Jamais de la vie ! Je me refuse à entrer dans votre

infâme combinaison ! Prenez immédiatement ce télé-phone, et dites à la presse que vous avez changé d'avis.

— Vous me connaissez mal ! Je ne prends jamais de décision à la légère, et je n'ai pas l'intention de revenir sur celle-ci. Il y va de ma réputation ! Elle a déjà été entachée une fois par les soins de votre misérable journal, ça suffit. Ils étaient partout, à me guetter comme une bête curieuse : sur les toits, derrière les portes, dans le jardin de ma propre maison ! Jusqu'à un odieux personnage qui s'était infiltré dans mon bureau... Si j'avais eu un revolver à portée de main, j'aurais tiré sans hésitation. Ils ont questionné mes employés, allant même jusqu'à séduire les femmes si nécessaire...

Rodney ! songea-t-elle dans un éclair. Pour l'amour du ciel !

— Allez-y, appelez-les ! poursuivait déjà Mathieu Tyrell. Dites-leur de cesser leur campagne contre moi, ou je deviens méchant. Ils peuvent annuler la série d'articles qu'ils ont en préparation. Ce genre de publicité tapa-geuse, votre infâme journal peut le garder !

— Mais ils n'ont rien de prévu à votre sujet ! Je vous le jure...

Elle était lasse de discuter. En l'entendant rire, elle tenta une dernière fois de le raisonner.

— Je vous dis la vérité ! Je ne suis pas ici pour travailler, mais pour me reposer. L'idée d'un article sur vous ne m'a jamais effleurée, pour la bonne raison que je ne savais même pas que vous étiez à Venise !

Il hocha la tête d'un air buté.

— Comment vous croirais-je ? Il y a trop de coïnci-dences inexplicables. Vous étiez de mèche avec les *paparazzi*, c'est évident ! Vous descendez dans ma cham-bre en plein milieu de la nuit à moitié nue, et, comme par hasard, un flash crépite lorsque vous en sortez... Non, je ne suis pas naïf à ce point-là ! Je ne sais pas quelle idée vous avez derrière la tête, mais vous pouvez y renoncer.

— Vous êtes un odieux personnage ! s'exclama Déborah qui s'effondra sur le lit en pleurant.

Personne ne voulait la croire, ni son propre directeur ni son collègue. Et elle avait tellement besoin de se reposer ! Elle aurait dormi des journées entières... Robert... Pourquoi n'était-il pas auprès d'elle ? Il lui manquait. Elle l'aimait tant ! Mais c'était un homme, et elle les haïssait tous. Dans quelle horrible situation s'était-elle mise ? Et tout ça, à cause de ce Mathieu Tyrell ! Elle était dorénavant liée à lui par cette histoire de pseudofiançailles... Mon Dieu, qu'allait-elle devenir ? Lorsqu'il la toisait de son insolent regard bleu, elle aurait voulu rentrer à dix pieds sous terre.

— Seigneur ! gémit-il juste au-dessus d'elle. Pourquoi les femmes sont-elles aussi imprévisibles ?

Elle sanglota de plus belle. Ses lèvres étaient toutes salées, et elle avait mal à la tête. Elle aurait voulu ne jamais être venue à Venise.

— Arrêtez ! murmura Mathieu en s'asseyant à côté d'elle et en la prenant dans ses bras. Je ne peux pas supporter de voir pleurer une femme.

— Et moi je ne peux pas supporter les hommes ! Qu'ils pleurent ou pas...

La tête sur la poitrine de Mathieu, elle sentait la douceur de sa chemise contre sa joue. Il la repoussa sans ménagement.

— Je vois que vous n'avez pas perdu votre langue ! Je vous croyais bouleversée de chagrin, mais c'est seulement de rage, n'est-ce pas ? Arrêtez cette comédie. Les larmes ne vous vont pas.

— Ce n'est pas de la comédie...

— Alors je ne vois qu'un moyen de faire cesser ces pleurs...

Le désarroi de la jeune fille était tel qu'elle ne résista pas lorsqu'il posa ses lèvres sur les siennes. Elle trouvait dans cette étreinte la chaleur qui lui faisait si cruellement défaut. Une à une, il embrassa les larmes qui coulaient de ses yeux. Alanguie, elle se laissait faire. Contre sa poitrine, elle sentait le cœur de Mathieu battre à l'unisson du sien.

Mais les caresses du jeune homme se faisant plus précises, elle se rejeta brusquement en arrière.

— Cela va mieux maintenant, dit-elle en se levant.

— Dommage ! Je commençais à y prendre goût...

Etendu de tout son long sur le lit, il l'observait.

— Je ne suis à Venise que pour une semaine, éprouva-t-elle le besoin de lui rappeler. Au début, je trouvais cela trop court, mais maintenant, c'est le contraire. J'ai hâte de repartir !

— Revenez ici... murmura-t-il en tendant une main vers elle.

— Cessez ce jeu ! protesta-t-elle en repoussant vivement sa main.

Elle était furieuse.

— En tant que *fiancé,* j'ai bien droit à quelques privilèges, non ? Seigneur ! Ce seul mot me fait passer des frissons dans le dos... Moi qui ai toujours eu le mariage en horreur, sans compter mon aversion pour la vie en cage...

— Alors pourquoi avoir agi ainsi ? Vous êtes devenu fou ?

Elle le vit esquisser un curieux sourire.

— J'ai perdu mon sang-froid. Je ne supportais pas l'idée d'être à nouveau pris en chasse par vos limiers.

Tout en parlant, il s'était dressé sur un coude et tentait de l'attirer vers lui.

— Non ! Laissez-moi !

Ayant aperçu son reflet dans le miroir de la coiffeuse, elle se rua dans la salle de bains pour essuyer son visage noyé de larmes et remettre de l'ordre dans sa coiffure. Lorsqu'elle en ressortit, Mathieu était toujours étendu sur le lit, les mains croisées derrière la tête. La chemise ouverte, il respirait la décontraction la plus complète.

Elle le considéra avec hostilité.

— Inutile de vous installer confortablement, vous allez partir.

— Moi ? Certainement pas !

Il la couvrit d'un regard admiratif.

— Je vous trouve diablement séduisante, mademoiselle la journaliste ! Depuis combien de temps exercez-vous cette *honorable* profession ?

— Depuis l'âge de dix-huit ans.

— Et vous en avez vingt-sept, murmura-t-il. Si je compte bien, cela fait donc neuf ans.

— Quel cerveau ! Je ne m'étonne plus maintenant de vous voir à la tête d'une entreprise multinationale...

A le voir si sûr de lui, si manifestement à l'aise, Déborah était prise d'un violent désir de le blesser. Une vague de curiosité — elle s'en rendait compte soudain — allait prochainement s'abattre sur eux. Mathieu Tyrell était un homme célèbre, puissant, et de surcroît très riche. La nouvelle de ses fiançailles allait faire l'effet d'une bombe. Surtout avec ces photos en toile de fond.

— Et spirituelle avec ça ! gémit-il. Je ne suis pas sûr d'apprécier cette qualité chez une femme. Je préfère généralement le type fragile et ensorceleur, avec de grands yeux candides...

— Thérésa me paraît correspondre parfaitement à cette définition ! Pourquoi ne pas l'avoir choisie, elle ?

— Je commence à me le demander, murmura-t-il d'un air faussement songeur. D'un autre côté, vous avez le mérite d'être différente. Je n'ai jamais rencontré personne comme vous, et sans doute cela ne m'arrivera-t-il plus jamais.

Déborah n'eut pas le temps de savoir s'il s'agissait d'un compliment que déjà il reprenait :

— De toute manière, si jamais cela se produisait, je m'enfuirais en courant...

— Alors qu'attendez-vous ? Voici la porte, je ne vous retiens pas !

Le sourire de Mathieu se fit machiavélique.

— Je compte bien m'amuser un peu d'abord...

— Pas avec moi, monsieur Tyrell ! lança-t-elle en serrant les dents. Je ne suis pas celle que vous croyez. Le travail seul m'intéresse. Aussi vous prierai-je aimablement de cesser cette petite comédie. Redevenons sérieux, voulez-vous ?

Sans tenir compte de sa remarque, il lui tendit la main d'un geste nonchalant.

— Venez ! Laissez-vous aller. Si vous avez été à mauvaise école jusqu'à présent, je me charge d'y remédier. Vous manquez d'expérience, voilà tout...

Comme Déborah lui jetait un regard furibond, il ajouta :

— Ce n'est pas parce qu'un homme vous abandonne qu'il faut renoncer à tous les autres !

La jeune fille se détourna sans répondre et s'approcha de la fenêtre. Sous l'influence du soleil, une douce chaleur régnait maintenant dehors. De verte qu'elle était tout à l'heure, l'eau du canal avait viré à l'azur le plus pur.

— Ne sortez pas sur le balcon, il est dangereux ! lui rappela derrière elle la voix de Mathieu. Prendre des risques stupides ne résoudra pas vos problèmes...

— Si je fais ce métier, c'est précisément parce que j'aime le risque ! Et je me moque du danger.

Elle éclata de rire. Son regard, à lui seul, était un défi.

— Mais quand il le faut, j'ai suffisamment d'instinct de conservation pour éviter de me faire tuer. J'ai déjà échappé à la pointe d'un fusil braqué sur moi, et même à plusieurs tentatives de viol. L'autre soir, je ne devais pas être dans mon état normal, autrement je n'aurais eu aucun mal à me débarrasser de mes agresseurs ! J'ai quelques notions de judo, et, quoi que vous en pensiez, je sais fort bien me défendre toute seule !

— Oh ! Je n'en doute pas... Ne vous ai-je pas déjà dit que vous étiez une adversaire redoutable ? C'est miracle si je m'en suis sorti indemne l'autre jour ! Vous auriez pu me briser la jambe...

— Ou le bras, renchérit Déborah en riant. Non décidément, l'autre soir je ne devais pas être dans mon état normal... J'étais absolument incapable de réagir. Pour la première fois de ma vie, la peur avait pris le dessus.

Elle sentit sur elle le regard pénétrant de Mathieu, mais n'en poursuivit pas moins :

— C'est pourquoi j'ai crié lorsqu'ils se sont jetés sur moi. Tous mes réflexes m'avaient brusquement désertée. Plus tard, en y réfléchissant, je m'en suis voulu.

— Pour quelqu'un qui se croit invulnérable, évidemment...

Sans même se retourner, elle devina qu'il souriait et se surprit à l'imiter.

— Pas tout à fait... La preuve ! A dire vrai, c'est leur silence qui m'a terrifiée. Ils ne disaient rien, mais sur leurs visages se lisait la plus farouche des déterminations. J'ai cru ma dernière heure arrivée...

— Peut-être aurions-nous dû porter plainte à la police ? suggéra Mathieu en fronçant les sourcils.

— Pour leur dire quoi ? Je ne sais même pas si j'aurais été capable de leur décrire ces voyous. C'est à peine si j'ai entrevu leur visage. Et ils ne m'ont rien fait — du moins ils n'en ont pas eu le temps, grâce à vous...

— Je suis heureux d'être passé par là.

— Et moi donc ! dit-elle en frissonnant. Je ne saurais vous dire à quel point...

— Vous voyez comme parler soulage ? A garder les choses pour soi, on a une fâcheuse tendance à en faire des montagnes. Tandis qu'en en parlant, on les ramène à leurs justes proportions... C'est la même chose pour les peines de cœur.

— Un sujet que je préfère néanmoins ne pas aborder.

Déborah fixait obstinément le ciel.

— Vous avez tort ! Cet homme cesserait d'être pour

vous une obsession. Vous seriez, en quelque sorte, « exorcisée »...

— Permettez-moi d'en douter.

Raconter sa vie à un inconnu ne cadrait ni avec ses principes ni avec ses habitudes. Son métier l'avait accoutumée à trop d'indépendance ! Lors de ses missions à l'étranger, elle savait ne pouvoir compter que sur elle-même pour se sortir des situations les plus inextricables. Ce qui lui avait forgé une force de caractère peu commune que Robert était le seul à avoir pu entamer... Et de quelle façon ! Elle n'en revenait pas elle-même... De cette aventure, elle était sortie plus ébranlée qu'elle ne l'avait jamais été, doutant de tout et de tous — à commencer par elle-même. Comment avait-elle pu en arriver là ?

— Vous vous êtes querellés ? s'enquit doucement Mathieu.

— Non. Pas avec un homme comme Robert. Les choses désagréables, il préfère les esquiver.

Tout s'éclaira soudain. Elle n'aurait pu trouver de meilleure formule pour décrire le caractère de l'homme avec lequel elle venait de rompre. S'engager était la chose qu'il détestait le plus au monde. S'amuser, batifoler, rien ne lui plaisait davantage. Mais les responsabilités lui faisaient peur, et il préférait fuir que de les affronter. L'amour de Déborah, il l'avait senti planer sur lui comme une menace. Un être dont le bonheur dépend entièrement de vous, quelle entrave à la liberté ! Robert n'avait pu en supporter l'idée.

— Dois-je comprendre qu'il vous a « esquivée », *vous* aussi ?

Brutalement tirée de ses pensées, elle considéra Mathieu d'un air amusé.

— En quelque sorte, oui. J'étais devenue un peu trop envahissante à son gré...

Se sentant rougir, elle lui jeta un regard de défi.

— Vous êtes satisfait ? Je vous en ai assez dit ?

— Je suis navré...

Elle crut lire de la sympathie dans les yeux bleus.

— Je n'ai que faire de votre pitié !

— Bien sûr ! Vous êtes beaucoup trop fière pour cela. Je l'avais remarqué... Mais méfiez-vous : si un peu d'orgueil ne nuit pas, trop risque de vous couper des autres.

— Vous avez raté votre vocation ! s'écria-t-elle méchamment. Vous auriez fait un excellent journaliste ! Vous avez le don des clichés...

— En parlant de journalistes, avez-vous eu votre patron au téléphone ce matin ?

— Si je l'ai eu...

Elle fit la grimace.

— C'est à peine si j'ai pu lui parler tant il riait ! Il était déjà au courant des photos, et je présume qu'il ne va pas tarder à les voir. A mon retour au bureau, je m'attends à les voir placardées partout. Je vais être la risée du lieu !

Décontenancé, Mathieu fronça les sourcils.

— Oseriez-vous insinuer qu'il n'était pas au courant de vos projets ?

— Mais je n'avais pas de projets ! gémit-elle, excédée. Combien de fois devrai-je le répéter ? Je suis victime, comme vous, de cette histoire ! Bien plus même... Car vous devez vous attendre à être la proie des *paparazzi*, c'est la rançon de la célébrité ! Mais moi ?

Le regard qu'il lui lança était indéchiffrable. Impossible de savoir s'il la croyait ou non. Elle reprit avec une fermeté qu'elle espérait convaincante :

— Vous n'avez pas l'air de vous rendre compte de l'effet désastreux que va provoquer sur ma carrière cette stupide affaire de fiançailles ? Mes propres collègues vont me pourchasser sans répit ! Ma vie va devenir impossible...

Un bruit sourd provenant du hall de l'hôtel l'interrompit. On aurait dit une émeute. Sans doute un car de touristes arrivant de l'aéroport... Elle crut entendre des éclats de voix et des coups violents frappés contre une porte.

A cet instant précis, le téléphone sonna. Elle décrocha pour entendre une voix affolée lui parler en italien.

— Je suis désolée, je ne comprends pas... Pourriez-vous vous exprimer en anglais ?

D'un geste péremptoire, Mathieu lui arracha l'appareil des mains.

— Mais enfin, qu'est-ce qui vous prend ? s'indigna-t-elle. Vous êtes dans ma chambre ! C'est mon poste !

Il ne paraissait pas l'entendre. La mine sombre, il écoutait les explications de son interlocuteur. Après avoir raccroché, il leva sur elle un regard glacé.

— Trop tard pour faire marche arrière. Les loups de la presse sont déjà là. Ils bloquent l'entrée de l'hôtel et menacent d'enfoncer la porte si nous ne descendons pas...

6

C'était la première fois que Déborah était la proie des journalistes, et ce brusque renversement des rôles lui donnait le sentiment d'être un animal traqué par les siens. Au bout d'un quart d'heure de discussion, elle refusait toujours de descendre. C'est alors que le gérant de l'hôtel fit brusquement irruption dans la chambre. L'air effaré du pauvre homme réussit là où les injonctions de Mathieu avaient échoué. Les *paparazzi* s'infiltraient par les fenêtres. Si ça continuait, ils allaient tout saccager ! Les gestes de l'Italien étaient suffisamment éloquents pour que Déborah n'eût aucun mal à le comprendre. Il y allait de la réputation de l'hôtel. Elle devait s'exécuter.

La mort dans l'âme, elle se résigna à descendre dans l'arène aux côtés de Mathieu Tyrell. Pour la première fois de sa vie, elle était de l'autre côté de la barrière... Eh bien, puisqu'il le fallait, elle affronterait ses collègues la tête haute.

Une grande clameur salua leur apparition. « *Bacci*, Signor Tyrell ! » criaient les *paparazzi* italiens en leur enjoignant de se serrer l'un contre l'autre pour la photo. Les autres, ceux qui travaillaient pour le compte de journaux étrangers, s'adressaient à Déborah en anglais... Au vif déplaisir de celle-ci qui aurait préféré ne rien comprendre de ce qu'ils disaient.

A ses côtés, Mathieu, imperturbable, regardait crépiter les flashes sans tenir aucun compte des injonctions qu'on lui adressait. Sélectionnant les questions, il ne répondait qu'à celles auxquelles il voulait bien répondre. L'homme spirituel et désinvolte de ces deux derniers jours avait disparu pour faire place au chef d'entreprise de dimension internationale. Déborah découvrait un autre Mathieu Tyrell.

Même sa voix avait changé. En l'entendant répondre d'un ton incisif et cassant à ceux qui l'interviewaient, elle réalisa soudain combien elle le connaissait mal. Elle n'avait vu jusqu'ici que le sommet de l'iceberg, et voilà qu'apparaissait l'iceberg en personne, inattaquable roc de glace. Parfaitement maître de lui, ne se laissant démonter par personne, il n'avait plus rien de commun avec l'homme fougueux et impulsif de tout à l'heure. A le voir ainsi, on avait du mal à l'imaginer en colère. Et pourtant...

— Ne dites rien, laissez-moi faire, lui avait-il dit dans l'ascenseur.

Obéissante, elle opposait un mutisme absolu à ceux qui voulaient l'interroger. A Mathieu de répondre aux questions indiscrètes qui fusaient de toutes parts :

— Est-ce la fin de votre idylle avec Leila Montrey, monsieur Tyrell ? Est-elle au courant de l'existence de Miss Linton ?

Déborah eut beau fouiller sa mémoire, ce nom ne lui disait rien. Une de plus, sans doute, à ajouter aux nombreuses conquêtes de ce Don Juan dont la presse se faisait périodiquement l'écho. Même *Preuve*, quatre ans plus tôt, avait fait certaines allusions à sa vie amoureuse, jugée quelque peu tumultueuse. Mais la jeune journaliste ne s'en était pas souciée, jugeant plus intéressant de découvrir combien de laboratoires de recherches possédait la firme incriminée. En fait, à l'époque, elle n'avait jamais, ni de près ni de loin, aperçu le tout-puissant Mathieu Tyrell.

Quoi qu'il en soit, un homme aussi important et aussi riche que lui devait avoir toutes les femmes à ses pieds...

— Depuis combien de temps vous connaissez-vous ? demanda quelqu'un.

— Depuis suffisamment longtemps, rétorqua Mathieu, suscitant les rires de l'assistance.

Déborah eut la désagréable impression d'être un animal de foire exhibé devant la foule. Elle trouvait certains regards insultants. Une furieuse envie la prit de donner une bonne leçon à ces grossiers personnages... Mais elle croisa le regard de Mathieu et se contint. Une lueur amusée brillait dans les yeux bleus, comme s'il avait deviné ce qui se passait en elle. Sans le vouloir, elle avait dû laisser transparaître son indignation.

— Où vous êtes-vous rencontrés ?

— A quand le mariage ?

Mathieu accueillait toutes les questions, même les plus indiscrètes, sans le moindre signe d'étonnement ni d'impatience. On le sentait rompu à ce genre d'interrogatoire.

C'est lui qui décida que l'entretien avait assez duré.

— Voilà, messieurs. C'est tout pour aujourd'hui !

Et, sans tenir compte des exclamations de dépit des *paparazzi* qui réclamaient une dernière photo, il entraîna Déborah à l'intérieur de l'hôtel. Aussitôt, le chasseur se précipita pour refermer les portes. Jugeant alors inutile d'insister, les autres s'empressèrent d'aller faire développer leurs clichés.

— Quelle charmante profession vous avez là ! ironisa Mathieu un peu sèchement. De vrais rats dans un labyrinthe. Ils courent partout sans avoir la moindre idée d'où ils vont.

— Détrompez-vous ! Ils le savent fort bien... Quelque part, assis bien droit derrière son bureau, les attend un patron qui n'hésitera pas à les mettre à la porte séance tenante s'ils ne lui ramènent pas le sensationnel qu'il convoite.

— Ne comptez pas sur moi pour les plaindre.

— Evidemment, bourré de préjugés comme vous l'êtes !

— Parce que vous les défendez, maintenant ?

Il avait à nouveau ce regard amusé qu'elle commençait à connaître.

— … pourtant, tout à l'heure, vous n'aviez pas l'air de les porter tellement dans votre cœur !

Elle dut se mordre la lèvre pour ne pas sourire. Il était décidément par trop perspicace…

— Il ne faut pas leur en vouloir, dit-elle très vite. Ils font leur métier, voilà tout…

— A travers eux, vous plaidez peut-être votre propre cause ?

Sans laisser à Déborah le temps de répliquer, il se dirigea vers la réception, où le directeur de l'hôtel était en grande discussion avec ses employés. Furieuse, la jeune fille le vit s'entretenir avec eux comme si de rien n'était. S'il la croyait prête à succomber à son charme pour le simple fait qu'ils avaient été surpris ensemble, il se trompait lourdement !

Gare à lui s'il tentait sur elle une nouvelle offensive de séduction… Elle saurait lui montrer de quoi elle était capable !

De retour auprès d'elle, il l'entraîna précipitamment vers l'ascenseur. A travers la porte grillagée, elle aperçut la mine réprobatrice du directeur de l'hôtel et de ses employés. Sans doute la prenaient-ils pour une fille légère… Elle faillit en crier d'indignation.

— Allez faire vos valises ! lui intima sèchement Mathieu. Nous allons quitter cet endroit avant le retour des *paparazzi*. Ce qui ne saurait tarder, dès qu'ils auront rechargé leurs appareils !

— Pour ma part, je saute dans le premier avion pour Londres.

Elle avait pris cette décision tout à l'heure en l'écoutant répondre à la meute de journalistes présents. Partir chacun de leur côté était la meilleure chose à faire pour couper court à tout. D'ici quelques jours, la presse aurait oublié jusqu'à leurs noms. Rien de pire pour un journaliste qu'une nouvelle qui perd de son actualité... Elle était bien placée pour le savoir ! L'essentiel, maintenant, était de disparaître. Bien sûr, la perspective des sourires de ses collègues à son retour au bureau ne l'enchantait guère ! Mais c'était un moindre mal...

Le silence de Mathieu l'étonna. Sans très bien savoir pourquoi, elle s'attendait à des protestations de sa part. Mais c'était ridicule ! Il n'avait aucune raison de chercher à la retenir. En donnant un caractère officiel à leur idylle, il avait damé le pion à toute la presse à scandale — y compris *Preuve* qu'il soupçonnait d'être derrière les *paparazzi*. Désormais, il avait la respectabilité pour lui et perdait, du même coup, tout intérêt aux yeux des amateurs de scandale.

— Nous sortirons par la porte de derrière, lui dit-il en quittant l'ascenseur à son étage. Je me suis arrangé pour cela. De cette manière, avec un peu de chance, nous pourrons échapper à l'attention des *paparazzi*.

— Rien ne leur échappe, croyez-moi. Surtout pas ce genre de sorties dérobées...

— Oh ! Je vous crois...

— J'en suis fort aise.

Ils se mesurèrent du regard.

— Nous allons tout de même tenter notre chance, déclara-t-il avec un sourire. S'il le faut, je mettrai au point une manœuvre de diversion.

— Pourquoi ne pas envoyer une de vos petites amies faire le clown sur le quai ? marmonna Déborah.

— Excellente idée ! J'y songerai. Rendez-vous dans le hall d'ici une demi-heure. Le directeur de l'hôtel nous y attendra.

Elle terminait ses bagages lorsque le téléphone sonna. C'était Andréa. La communication était des plus mauvaises. Mais Déborah n'avait pas besoin d'entendre les mots : les cris stridents de sa sœur étaient suffisamment éloquents...

— Impossible de te parler maintenant, Andréa...

Les cris reprirent de plus belle.

— Je te rappellerai demain... Au revoir !

La jeune fille raccrocha précipitamment. Elle ne se sentait pas le courage d'affronter son aînée en ce moment.

Elle aurait dû penser que la nouvelle lui parviendrait tôt ou tard. Peut-être les journaux anglais en avaient-ils déjà fait état ? A commencer par *Preuve*, naturellement... Hal n'était pas du genre à se laisser étouffer par les scrupules ! songea Déborah en se brossant distraitement les cheveux. Mais comment aurait-elle pu l'en blâmer ? L'intérêt du journal avant tout... Elle imaginait déjà le raisonnement qu'il avait dû tenir : « Si *Preuve* ne fait pas cet article, un autre le fera. Autant que ce soit nous ! » Le journal n'allait tout de même pas faillir à sa mission sous prétexte que Déborah faisait partie du personnel. Au contraire, il fallait profiter de cette aubaine pour sortir un numéro exclusif. Si la jeune journaliste ne présentait pas d'intérêt particulier pour les lecteurs, Mathieu Tyrell, si ! Le moindre de ses faits et gestes suscitait la curiosité. Alors, à plus forte raison ses fiançailles !

Elle fut interrompue dans ses réflexions par l'arrivée du chasseur venu prendre ses bagages. Lui aussi était à son égard d'une politesse glaciale. Encore un qui la prenait pour ce qu'elle n'était pas... Aussi intéressante fût-elle, l'expérience n'était guère réjouissante !

Mathieu l'attendait en bas.

— Vos bagages suivront, lui dit-il. Nous pouvons avoir besoin de courir, et ce n'est pas le moment de s'encombrer de valises.

— Avez-vous mis au point votre diversion ?

— Oui. J'ai fait poster une gondole en attente le long du quai. Ils s'imagineront que nous allons sortir d'un instant à l'autre. Ce qui nous laisse le champ libre pour nous éclipser par la porte de derrière.

Déborah était loin d'être convaincue.

— Vous pensez bien qu'ils auront songé à cette éventualité ! Nous allons tomber sur un des leurs. Ils ne laissent jamais rien au hasard.

— Moi non plus, rétorqua Mathieu avec une tranquillité amusée.

Et en effet, elle n'eut pas à attendre bien longtemps pour s'en apercevoir. A peine venaient-ils de franchir la porte arrière de l'hôtel qu'un homme armé d'un flash surgit d'un recoin où il était embusqué. Mais avant même qu'il ait pu alerter ses collègues, deux solides gaillards l'empoignèrent et le mirent hors d'état de nuire.

— Ne perdons pas de temps. Courons ! fit la voix de Mathieu derrière elle.

L'ayant prise par la main, il l'entraîna dans une course effrénée à travers un dédale de petites ruelles qu'elle ne connaissait pas. Des femmes les regardaient passer d'un œil indifférent. Ils gravirent des escaliers visiblement empruntés par des générations de Vénitiens, franchirent des ponts qui menaçaient à chaque pas de s'effriter sous eux. Mathieu paraissait savoir où il allait, mais Déborah, pour sa part, était complètement perdue.

— Ne pourrions-nous ralentir un peu ? haleta-t-elle. Je ne sens plus mes jambes !

Il lui jeta un rapide coup d'œil et consentit enfin à reprendre une allure normale.

— Vous ne me paraissez pas au mieux de votre forme, en effet...

A bout de souffle, elle s'appuya contre un mur de pierre.

— Une minute de plus, et j'étais bonne pour la civière !

Elle nota, non sans dépit, que sa respiration à lui était à peine accélérée. Il tendit l'oreille, à l'écoute d'un éventuel poursuivant. Mais non. Personne à l'horizon.

— Nous avons dû les distancer, observa-t-il.

— Dieu soit loué ! J'espère seulement qu'ils ne nous attendent pas à l'aéroport...

— Si, bien sûr ! Mais ils risquent d'y prendre racine car nous n'y allons pas.

— Comment, nous n'y allons pas ? Vous peut-être, mais moi si !

— Non. Vous ne les connaissez pas. Ils auraient tôt fait de vous mettre en pièces ! Suivez-moi. Une voiture nous attend à deux minutes d'ici.

— Il n'en est pas question ! s'insurgea Déborah. Je veux rentrer chez moi, et j'ai bien l'intention de regagner Londres aujourd'hui même !

Mathieu dut juger inutile de discuter, car il l'entraîna sans un mot par le bras.

— Lâchez-moi ! Je veux rentrer, répétait la jeune fille.

Elle n'aimait pas du tout la façon qu'il avait de ne pas répondre. Que manigançait-il encore ?

— Faites-moi conduire à l'aéroport ! reprit-elle à l'instant où Mathieu la poussait dans la voiture stationnée non loin de là.

Seul le bruit du moteur lui répondit. Le chauffeur venait de mettre le contact. Déborah remarqua les vitres teintées et se demanda si elles étaient à l'épreuve des balles. Ce genre de véhicule ressemblait étonnamment à ceux utilisés par la Mafia. Somptueux et racé, à l'image de son propriétaire...

— Je veux aller à l'aéroport ! dit-elle une nouvelle fois.

— Décidément, c'est une idée fixe ! Je vous ai déjà dit ce que j'en pensais. En prenant un avion tout de suite, vous risquez les pires ennuis.

— Où m'emmenez-vous ? Je ne suis pas du genre à me faire enlever contre ma volonté, monsieur Tyrell ! Arrêtez tout de suite cette voiture ! Je veux descendre.

Elle faisait déjà mine d'ouvrir la portière.

— Inutile, elle est fermée à clé, l'informa gentiment Mathieu.

Un flot d'invectives lui répondit.

— J'aime vous voir en colère, reprit-il avec un sourire. Cela me rappelle un adorable chaton que j'avais étant enfant. Dès qu'il apercevait une souris, ses yeux se mettaient à luire d'excitation...

« Se contenir à tout prix ! » se dit-elle en serrant les poings.

— Tout mais pas ça ! railla Mathieu en esquissant un geste de recul.

Et avant qu'elle ait pu comprendre ce qui lui arrivait, il l'avait prise par la taille et penchait son visage vers le sien.

Elle lutta avec l'énergie du désespoir, mais en vain. Les lèvres de Mathieu se faisaient de seconde en seconde plus exigeantes. Folle de rage, elle songea qu'il s'amusait d'elle et redoubla d'énergie pour se défendre. Sa malheureuse expérience avec Robert lui avait suffi. Jamais plus un homme ne l'humilierait ! C'est alors que Mathieu perdit soudain son contrôle de lui-même.

Son regard s'était voilé sous l'effet du désir. Il ne l'embrassait plus par jeu, mais avec une brutalité qui arracha à la jeune fille un gémissement. Insensiblement, sans s'en rendre compte, elle-même perdit conscience de la réalité. Le seul bruit qui lui parvenait encore était le martèlement précipité de son cœur dans sa poitrine. Toute résistance abolie, elle s'abandonnait corps et âme aux caresses de Mathieu. Grisée, elle se risqua même à glisser sa main dans la chevelure épaisse qui lui effleurait doucement la joue.

C'est cet instant que choisit le jeune homme pour se rejeter brusquement en arrière et la contempler. Abasourdie, elle rouvrit les yeux à son tour. Ce qu'elle vit la consterna.

Mathieu arborait un air de triomphe qu'elle connaissait, hélas, trop bien... Et la vivacité avec laquelle il se ressaisit ne fit que l'alarmer davantage. Cet homme était dangereux. Retrouver un visage impassible en quelques secondes n'était pas à la portée de n'importe qui...

La seule faille du personnage résidait dans son tempérament coléreux. Mais il ne s'autorisait ce genre de faiblesse qu'en privé. En public — elle avait pu s'en rendre compte un peu plus tôt — il savait rester imperturbable. Le milieu des affaires était impitoyable. Et il en était le digne représentant.

Elle le toisa d'un air glacial.

— Je déteste être agressée de la sorte, monsieur Tyrell ! Tenez-vous-le pour dit.

— Je suis votre fiancé, ne l'oubliez pas !

— En voilà assez ! Ce n'est pas vrai, et je vous prierai d'effectuer sans tarder la mise au point qui s'impose.

— Chaque chose en son temps, murmura-t-il en se renfonçant voluptueusement dans son siège.

Déborah n'aimait pas du tout son sourire.

— Je n'aurais jamais dû me laisser entraîner dans cette histoire ! Pourquoi vous ai-je écouté ? Je me le demande...

— Comme à mon habitude, j'ai su me montrer particulièrement persuasif...

Et voilà maintenant qu'il osait rire ! Redressant fièrement la tête, elle s'écria :

— Inutile de vous faire des idées, monsieur Tyrell !

— Trop tard ! Je les ai déjà. J'ai toujours été fasciné par les blondes dans votre genre avec de grands yeux verts... Sérieusement, vous auriez pu être mannequin, vous en avez l'allure !

Elle se sentit rougir malgré elle et, furieuse, rétorqua :

— Je n'ai que faire de vos suggestions !

— De mieux en mieux... laissa-t-il tomber d'un air nonchalant. Les proies faciles ne m'ont jamais intéressé...

— Attention, monsieur Tyrell ! Si vous continuez, je risque de devenir très méchante...

— Tant mieux ! s'écria-t-il en éclatant de rire. J'adore la façon qu'ont vos yeux de lancer des éclairs quand vous êtes en colère. Cela me laisse présager mille délices pour le jour de votre reddition...

Déborah prit une profonde inspiration. S'étant efforcée de compter jusqu'à dix, elle lança avec un calme affecté :

— Parce que, selon vous, celle-ci ne fait aucun doute ? Je vous remercie de me dévoiler ainsi le fond de votre pensée ! Je sais désormais à quoi m'en tenir sur vos intentions...

— Parce que vous les ignoriez ? s'exclama Mathieu, qui semblait s'amuser prodigieusement. Une telle candeur chez une femme comme vous me confond ! Il est grand temps de parfaire votre éducation...

— Ce n'est pas mon avis !

Ulcérée, elle détourna la tête et contempla le paysage qui défilait à travers la vitre. L'aplomb de cet homme la révoltait ! Comment osait-il lui parler ainsi ?

— Où allons-nous ? demanda-t-elle, les yeux rivés sur les côteaux verdoyants qu'ils longeaient.

— Un de mes amis possède une villa dans les Dolomites. Il nous la prête pour quelques jours.

Elle tressaillit.

— Oh ! Non. C'est impossible. Je ne passerai pas une seule journée avec vous dans une maison quelle qu'elle soit !

— Bassano est à une heure d'ici, rétorqua-t-il pour toute réponse. Et la villa à quelques kilomètres de Bassano.

— Je me moque de vos explications ! Tout ce que je veux, c'est rentrer à Venise pour attraper le premier avion en partance pour Londres.

— Vous verrez, la vue que l'on découvre de cette demeure est magnifique...

— C'est très sérieux. Je vous en conjure, ramenez-moi à Venise !

— Vous m'épuisez ! Je sens que je vais faire un petit somme...

Il s'installa plus confortablement.

— Réveillez-moi lorsque nous arriverons.

Il plaisantait, bien sûr ! Mais lorsqu'elle tourna la tête quelques instants plus tard dans l'intention de revenir à la charge, elle resta muette d'étonnement. Aucun doute possible : il dormait bel et bien ! Ses traits soudainement détendus en témoignaient. Elle qui avait tant de mal à s'assoupir ailleurs que dans son lit... Comment diable pouvait-il faire ?

Malgré sa colère, elle n'eut pas le cœur de le déranger. Espérant découvrir un quelconque secret, elle l'observa à la dérobée. Mais Mathieu Tyrell ne se livrait pas davantage dans le sommeil que dans la veille... Elle reporta son attention sur le paysage.

La voiture venait d'entamer l'ascension d'un versant des Dolomites. Au-dessus d'eux le vert sombre des pins se découpait sur l'azur du ciel. La luminosité se faisait de plus en plus éclatante. Çà et là, quelques maisons émergeaient de la forêt. Sur leurs promontoires rocheux dominant la vallée, elles donnaient l'impression d'être très anciennes : avec leurs murs lézardés, elles faisaient partie de l'environnement au même titre que la végétation. Quelques rares poulets picoraient parmi les oliviers et les cyprès. Une impression de pauvreté se dégageait de l'ensemble.

Lorsque la voiture franchit les limites d'une propriété dont les grilles étaient ouvertes, Déborah tendit le cou. Ce simple geste suffit à réveiller son compagnon qui s'étira voluptueusement.

— Vous me donnerez votre recette, dit-elle en évitant de le regarder. Je vous envie de pouvoir dormir ainsi sur commande. Pour moi, c'est impossible !

— Vous devriez apprendre. C'est parfois très utile...

Il jeta un coup d'œil par la portière. Aussi confortable fût-elle, la voiture ne pouvait s'empêcher de faire des bonds sur le chemin semé d'ornières.

— On se croirait dans les autos tamponneuses, remarqua-t-il en riant.

Cachée derrière un rideau d'oliviers apparut la maison.

D'une blancheur immaculée, elle était nichée au flanc de la montagne et surprit la jeune fille par ses modestes proportions. Il devait y avoir trois ou quatre pièces tout au plus.

— Je me refuse à séjourner ici seule avec vous ! s'écria-t-elle, reprise par la colère.

— A première vue, nous ne sommes pas seuls, constata Mathieu en regardant dehors.

La jeune fille l'imita et tressaillit. Thérésa Scalatio se tenait sur le seuil de la véranda.

7

Il n'y avait pas à se méprendre sur l'attitude de Thérésa. Dès qu'elle les vit descendre de voiture, elle se précipita sur Mathieu, le visage furibond, et entreprit de lui dire clairement sa façon de penser.

— Contrôlez-vous, je vous en prie ! rétorqua froidement celui-ci comme s'il grondait une enfant mal élevée. Déborah ne comprend pas l'italien, vous le savez bien ! Et d'abord, que faites-vous ici ?

— J'ai appris par papa qu'il vous avait prêté la villa... Matt, comment avez-vous pu ? A la vue de ces photos, j'ai cru mourir ! Elle est votre maîtresse. Je n'arrivais pas à le croire !

Comme son père, elle parlait anglais avec un fort accent qui n'était pas dénué de charme.

— Je vous déteste !

Le regard dévorant de passion qu'elle posait sur Mathieu était en flagrante contradiction avec ses paroles.

— Allons, Thérésa, ne faites pas l'enfant ! Si vous n'aviez pas alerté les *paparazzi*, nous ne serions pas là. Car c'est bien vous, n'est-ce pas ? Ce n'est pas joli, joli...

La jeune fille se mordit la lèvre en rougissant.

— Je...

— Inutile de mentir ! coupa sèchement Mathieu.

Elle coula un regard plein d'animosité vers Déborah.

— Pourquoi ne pas l'accuser, *elle ?* Les journaux

rapportent qu'elle est journaliste. Ces gens ne reculent devant rien, vous le savez bien !

— Une bonne fessée, voilà ce que vous mériteriez ! lui dit-il en fronçant les sourcils. Et si vous continuez sur cette lancée, je vous préviens que vous n'y échapperez pas. Vous n'êtes qu'une méchante petite fille !

— Petite fille ?

Elle avait frémi sous l'insulte.

— Je ne suis pas une petite fille ! Je suis une femme. Même si vous refusez de l'admettre ! D'autres sont moins aveugles que vous...

— Et effrontée avec ça ! s'écria-t-il avec l'expression amusée que Déborah lui connaissait bien.

Il devait la trouver charmante en cet instant. Et comment en aurait-il été autrement ? Avec son tee-shirt largement échancré et la jupe courte qui mettait en valeur ses jolies jambes, la jeune Italienne ne manquait pas de séduction !

— Comment vous est venue l'idée de faire appel aux *paparazzi* ? s'enquit doucement Mathieu.

L'espace d'un instant, elle hésita puis haussa négligemment les épaules.

— Gianni avait pris quelques photos de moi l'été dernier. Depuis, nous nous rencontrons quelquefois.

— Et votre père le sait ? J'en doute... Il n'apprécierait certainement pas ce genre de fréquentations !

— En tout cas, dit-elle avec un regard enjôleur, Gianni, lui, ne me prend pas pour une petite fille...

— Eh bien restez avec lui et cessez de me poursuivre comme vous le faites !

« Il est vraiment cinglant parfois ! » songea Déborah.

— Oh !

L'autre suffoquait.

— Vous n'êtes qu'un mufle ! Gianni a bien raison !

— Il a bien raison, en effet, rétorqua Mathieu, imperturbable. Aussi, je vous conseille de regagner

Venise au plus vite si vous ne voulez pas recevoir la bonne correction que vous méritez !

— Vous n'oseriez pas !

Mi-furieuse, mi-provocante, elle le défiait du regard. Il s'avança d'un pas. Il ne souriait plus. Devant l'éclat menaçant de son regard, la jeune fille préféra battre en retraite.

— Un mufle ! Vous n'êtes qu'un mufle... cria-t-elle en disparaissant derrière le mur d'oliviers.

— Comment va-t-elle faire pour rentrer à Venise ? s'inquiéta Déborah.

— Elle a su venir, elle saura bien repartir...

Devant une telle indifférence, elle s'indigna :

— Elle a raison, et son Gianni aussi. Vous êtes vraiment un mufle !

Il la considéra en souriant.

— Pourquoi ? Je suis réaliste, voilà tout. Et vous feriez bien d'en faire autant de temps en temps...

Sur cette remarque, il ouvrit la porte de la villa et s'effaça pour la laisser entrer. Elle regarda autour d'elle avec curiosité. Un magnifique carrelage de céramique bleu et blanc reflétait la lumière du dehors. Les murs étaient ornés d'un nombre impressionnant d'aquarelles et de dessins au fusain représentant des scènes marines.

En entendant une voiture démarrer, elle sursauta.

— Il s'en va !

Comme une flèche, elle se précipita dehors et fit signe au chauffeur. Mais il ne se retourna même pas. La mort dans l'âme, elle le vit disparaître au détour de l'allée. Elle en aurait pleuré.

De retour dans la maison, elle constata que Mathieu avait disparu.

— Où êtes-vous ? Pourquoi avez-vous renvoyé la voiture ? Je ne veux pas rester ici, pas avec vous !

Le silence seul lui répondit. Elle jeta un coup d'œil dans la pièce voisine. Personne. Au passage, elle nota les meubles de bambou et l'immense caoutchouc qui semblait tout droit sorti de la jungle.

— Où êtes-vous ? répéta-t-elle en revenant dans le hall d'entrée.

Une porte s'ouvrit, et Mathieu apparut.

— Si elle vous convient, vous pouvez prendre cette chambre...

Par-dessus son épaule, elle aperçut un lit avec des draps à fleurs et un édredon.

— Jamais de la vie ! Je ne resterai pas une seconde de plus ! Je rentre à Venise.

— Avec ces chaussures ? J'en doute fort...

La main sur la poignée de la porte, il ajouta :

— Vous voyez, il y a un verrou. Vous pourrez ainsi vous isoler chaque fois que vous le voudrez.

— Je n'ai jamais vu quelqu'un d'aussi obstiné ! gémit-elle.

— Obstiné, moi ? Non ! Je suis convaincu d'agir comme il convient. C'est tout à fait différent... Pour votre information, je vous signale que ma chambre est à l'autre bout du hall.

— Eh bien, restez-y ! rétorqua-t-elle sèchement.

— C'est une invitation vraiment tout à fait charmante de votre part !

Déborah le vit s'éloigner la rage au cœur. Cet homme ne manquait pas d'aplomb ! S'il la séquestrait dans l'idée qu'elle finirait bien par lui céder, il se trompait complètement !

Elle se décida à le suivre.

— Je meurs de faim, dit-elle sèchement. Mais je suppose qu'il n'y a rien à manger dans cette maison.

— Ah oui ? Et pourquoi, selon vous ?

— Cessez ces questions ridicules et dites-moi plutôt où je pourrais trouver de quoi me restaurer.

— Réfléchissez... Où trouve-t-on habituellement de la nourriture ?

Devant le regard foudroyant de la jeune fille, il ajouta d'un air amusé :

— Essayez donc la cuisine !

Elle décida de contre-attaquer.

— Et qui se chargera de préparer le repas ?

— Certainement pas moi, rétorqua-t-il en haussant les épaules. Vous avez faim. C'est à vous de vous en occuper.

La laissant plus furieuse que jamais, il se dirigea vers le salon. « Il a de la chance que mon estomac crie famine ! » se dit-elle en se lançant à la recherche de la cuisine. Elle n'eut aucun mal à la découvrir. C'était en fait la seule autre pièce de la maison, et de loin la plus grande. Elle fut instantanément conquise par son agencement raffiné qui recélait tous les derniers gadgets. Pour rendre cette villa aussi luxueuse, il avait sûrement fallu des sommes considérables ! Et pourtant elle avait un air d'abandon qui ne trompait pas : la famille Scalatio ne devait pas souvent y séjourner... « Quel gâchis ! » pensa Déborah en ouvrant la porte du congélateur.

Elle saisit le premier plat cuisiné qui se présentait. « Ça lui apprendra à me prendre pour un cordon-bleu... »

Moins de cinq minutes plus tard, tout était prêt et une appétissante odeur flottait dans l'air.

A son appel, Mathieu arriva aussitôt.

— Mon Dieu, quelle rapidité ! s'écria-t-il en prenant place à table.

Elle ne répondit pas et s'affaira de plus belle pour masquer sa nervosité grandissante. L'idée de rester seule avec Mathieu Tyrell y était pour beaucoup.

Après quelques minutes de ce manège, elle se résigna à s'asseoir en face de lui.

— Ce n'est certainement pas le genre de cuisine auquel vous êtes habitué mais, étant donné les circonstances, je pouvais difficilement faire mieux.

— Vous avez accompli des miracles, au contraire ! C'est délicieux... Scalatio m'a dit de prendre du vin à la cave, mais nous le garderons pour plus tard.

— Personnellement, je n'y tiens pas.

— Auriez-vous peur de succomber à mes charmes dans un moment de griserie ?

— Cela ne risque pas de m'arriver !

— Je vous trouve bien sûre de vous... Un instant d'égarement est vite arrivé, et nous avons deux ou trois jours à vivre ensemble. Autant les passer agréablement.

— Cette sorte de distraction ne m'intéresse pas, répliqua-t-elle sèchement. Il y a tant de choses plus passionnantes dans la vie !

— Je vois... Vous avez peur de l'amour.

— Parce que vous appelez ça de l'amour ? Eh bien, pas moi ! Depuis que j'ai dix-sept ans, les hommes essaient de me faire croire que je suis une refoulée si je ne leur cède pas. Mais j'ai une plus haute idée de l'amour, figurez-vous ! Pour une femme, le don de soi dépasse de beaucoup le vulgaire appétit sexuel.

— Mais qui vous parle d'appétit ? L'amour est un jeu délicieux, idéal pour deux personnes de sexe opposé, seules dans une maison isolée.

Déborah fit entendre un rire amer.

— Ce n'est qu'une variation différente d'un même thème usé. Décidément, je les aurai toutes entendues ! Mais l'amour pour moi n'est pas plus un jeu qu'un appétit ! C'est beaucoup plus sérieux que cela.

Furieuse, elle repoussa son assiette et se leva.

— Si j'ai un conseil à vous donner, monsieur Tyrell, c'est de me laisser tranquille !

Elle sortit dans le frais soleil d'automne et regarda autour d'elle comme un animal pris au piège. Les vallons se succédaient en courbes douces. On entendait le bruissement des oliviers dans la brise.

Robert aussi considérait l'amour comme un jeu. Et le jour où il s'était aperçu qu'elle prenait ce jeu trop au sérieux, il avait préféré fuir... Durant toutes ses années de journalisme, combien d'hommes n'avait-elle pas éconduits qui, sous prétexte de parvenir à leurs fins, tentaient de la persuader que l'amour était une distraction sans importance ? Plusieurs fois, elle avait failli s'y laisser prendre. Cependant la sagesse avait toujours fini par l'emporter : l'amour, cette force capable de créer la vie, méritait mieux que d'être traité à la légère.

C'est pourquoi elle enviait parfois Andréa d'être aussi bien installée dans la vie. Malgré ses jérémiades, celle-ci avait tout ce qu'elle pouvait désirer : un mari, des enfants qu'elle chérissait... Mais la nature humaine était ainsi faite qu'elle n'était jamais contente de son sort et aspirait toujours à autre chose. N'empêche qu'Andréa n'aurait pas changé sa vie pour un empire. Si elle s'intéressait d'aussi près aux affaires des autres — et particulièrement à celles de sa sœur — c'était par simple curiosité. Et aussi pour se conforter dans l'idée qu'elle avait fait le bon choix...

Déborah quitta la terrasse et s'enfonça sous les arbres. Elle avait cru autrefois que sa carrière comblerait toutes ses aspirations, mais son aventure avec Robert lui avait ouvert les yeux. Le travail ne suffisait pas à remplir une existence. La meilleure preuve en était l'état d'anéantissement où l'avait laissée leur rupture. Maintenant, avec le recul du temps, elle s'apercevait qu'elle s'était méprise sur la vraie nature de Robert. Celui qu'elle croyait aimer n'existait pas. Elle était tombée amoureuse d'une chimère...

« Tout est ma faute, s'avoua-t-elle. Si Robert m'a tant fait souffrir, je ne dois m'en prendre qu'à moi. Je me suis lancée à corps perdu dans l'aventure sans savoir où j'allais. Combien de fois Hal ne m'a-t-il pas mise en garde contre ce trait fâcheux de mon caractère ? J'aurais mieux fait de l'écouter. » Mais voilà : après tant d'années passées à tenir les hommes en respect, elle en était venue à désespérer de connaître un jour l'amour et le bonheur d'être aimée. Lorsque Robert était arrivé, elle avait cru découvrir enfin celui qu'elle attendait depuis toujours. Et la désillusion avait été d'autant plus terrible...

Mais, après tout, l'aimait-elle vraiment ? Elle se posa la question. Si c'était une illusion, la souffrance qu'elle éprouvait n'était qu'une simple blessure d'amour-propre... « Je n'étais pas amoureuse de Robert, mais de l'amour lui-même »... Cette pensée la frappa comme une révélation.

Au bruit d'une pierre roulant sur le sol, elle tourna vivement la tête. Mathieu était derrière elle sans qu'elle l'ait entendu approcher. Il s'appuya nonchalamment contre un arbre.

— Veuillez m'excuser pour tout à l'heure. J'ai bien mérité de me faire rabrouer ! Dorénavant, je ne vous importunerai plus...

Ces paroles conciliatrices eurent l'effet inverse de celui escompté. Déborah s'enfuit en sanglotant.

— Non ! Attendez... cria-t-il en s'élançant à sa poursuite.

Voilà longtemps que Déborah luttait contre les larmes, et désormais elle ne pouvait plus les retenir. Aveuglée, c'est à peine si elle pouvait se diriger.

— Seigneur ! s'exclama-t-il en la rejoignant et en l'obligeant à s'arrêter. Encore des larmes ! Je vous l'ai déjà dit : je ne peux pas supporter de voir pleurer une femme !

— Alors, conduisez-vous autrement ! marmonna-t-elle contre sa poitrine.

La chaleur de ces bras d'homme autour d'elle l'apaisait. Lorsqu'il se mit à lui caresser doucement les cheveux, elle ne fit rien pour se dérober.

— Je suis un odieux personnage, n'est-ce pas ? Allez-y ! Dites-le.

—Vous êtes un odieux personnage, balbutia-t-elle entre deux sanglots.

Elle entendit résonner son rire au-dessus d'elle.

— Je ne vous ai pas demandé de me prendre à la lettre !

Elle se sentit brusquement réconfortée. Il y avait

quelque chose de rassurant dans sa voix lorsqu'il parlait ainsi. C'était comme s'il lui insufflait une nouvelle vie. Elle essaya néanmoins de se dégager.

— Ne bougez pas ! ordonna-t-il d'un ton légèrement altéré. J'aime vous avoir ainsi contre moi. Vous êtes à la fois si sûre de vous et si vulnérable que je ne sais jamais si vous allez fondre sur moi comme Wonder Woman ou éclater en sanglots comme une petite fille...

Elle ne put s'empêcher de rire.

— C'est ce qui fait mon charme !

— Je suis heureux que nous soyons au moins d'accord sur un point !

La moquerie se lisait dans les yeux bleus. Il sortit un mouchoir de sa poche et entreprit de lui essuyer le visage. Là encore, elle ne protesta pas. Lorsqu'il eut terminé, il l'embrassa furtivement sur le nez.

— Vous me pardonnez ?

— Si vous me promettez de ne plus jamais me parler comme vous l'avez fait, oui !

Il examina un instant sa requête, puis grimaça un sourire.

— Au lieu de considérer uniquement votre point de vue, mettez-vous un peu à ma place ! Je suis un homme. Lorsque je rencontre une jolie femme, il est tout naturel que j'essaie de la conquérir ! C'est une question d'instinct. Je n'y peux rien...

— Le propre de l'homme n'est-il pas de savoir dominer ses instincts ?

— Peut-être, mais c'est alors ôter tout piment à la vie...

— Un piment qui, pour les femmes, est souvent synonyme d'ennui, rétorqua Déborah, à nouveau prise par le démon de la discussion. Moi qui travaille dans un milieu presque exclusivement masculin, j'en parle en connaissance de cause ! Lors de mes reportages à l'étranger, je suis harcelée de propositions. Mais que croient donc les hommes ? Qu'ils sont un don du ciel pour les femmes ? Qu'il est agréable pour elles d'être traitées en objets dont on peut disposer à sa guise ? Nous avons aussi notre mot à dire, il me semble !

Ses joues s'étaient empourprées sous l'empire de la colère.

— Attendez ! coupa Mathieu, à son tour gagné par l'indignation. Je n'ai rien de commun avec...

— Oh, si ! Vous êtes comme les autres ! Parce que nous étions seuls dans cette maison, vous vous êtes aussitôt imaginé que j'allais vous tomber dans les bras ! Eh bien, permettez-moi de vous faire remarquer que vous vous trompez.

— Voulez-vous que je vous dise...

Ses yeux bleus étaient menaçants. Lorsqu'elle essaya de se dégager, elle se retrouva le bras dans un étau.

— ... L'ennui, avec vous, c'est que vous prenez la vie beaucoup trop au sérieux ! Il est temps d'apprendre à vous laisser aller un peu...

— Je ne vous permets pas...

Elle ne put aller plus loin. La tête de Mathieu s'inclinait vers la sienne. L'expression qu'elle lut sur son visage la fit frémir. La passion... La passion brûlait dans ses yeux. En un éclair, le jeu avait tourné au sérieux.

Anéantie par cette révélation, elle ne songea pas à se soustraire à la pression exigeante de ses lèvres sur les siennes. Bien plus, elle se surprit à répondre au baiser de Mathieu. Etroitement serrée contre lui, elle sentait naître en elle une étrange allégresse. Tout son corps s'embrasait sous l'effet du désir. Mue par une envie irrésistible, elle enfouit ses mains dans l'épaisse chevelure du jeune homme.

L'instant d'après, il se rejetait brusquement en arrière.

— Vous disiez ? s'enquit-il d'un air moqueur.

Piquée au vif, Déborah n'eut aucun mal à se ressaisir. S'arrachant à son étreinte, elle lui lança un regard furieux.

— Allez au diable !

Comme elle se retournait pour courir vers la maison, elle buta contre une racine et échappa de justesse à une chute des plus humiliantes. Mathieu lui tendit une main secourable qu'elle repoussa avec mépris avant de reprendre sa route la tête haute. Mais loin d'en être mortifié, il éclata de rire, ce qui ne fit que renforcer la colère de la jeune fille.

De retour dans la villa, le calme du hall aux couleurs douces acheva de lui rendre ses esprits. Mais une nouvelle angoisse aussitôt la saisit : que lui était-il donc arrivé dans les bras de Mathieu Tyrell ?

Un sentiment de dégoût la submergea. Après toutes ses protestations, de quoi avait-elle l'air ? Il allait penser qu'il suffisait maintenant d'un rien pour qu'elle s'abandonne complètement...

Elle se rendit dans sa chambre dont elle ferma le verrou à double tour. Etendue sur le lit, elle examina sa situation avec angoisse. Seule ici avec lui, elle était comme une chèvre au piquet devant un tigre. Tôt ou tard, il allait tenter l'assaut suprême, et elle était beaucoup moins sûre de pouvoir le tenir à distance...

D'où lui venait cette impression d'être si vulnérable ? Après sa rupture avec Robert, elle avait cru que plus aucun homme, jamais, ne parviendrait à l'émouvoir... et voilà que le contraire venait de se produire ! Mais peut-être fallait-il expliquer cette vague de désir qui l'avait submergée par l'état d'extrême désarroi dans lequel elle se trouvait ?

Et puis, pourquoi le nier ? Elle éprouvait une certaine attirance pour Mathieu Tyrell. Il était fort séduisant. En sa compagnie, elle se sentait revivre. Aussi explosives que soient leurs discussions, elle avait un vif plaisir à parler avec lui. Pas seulement à parler... Sa seule présence l'électrisait et, à en croire le regard de Mathieu tout à l'heure, il en était de même pour lui.

Tout cela, bien sûr, n'avait rien à voir avec l'amour.

C'était une simple attirance physique. Il le lui avait dit franchement : elle lui plaisait.

Une jolie coiffeuse toute blanche était adossée à l'un des murs de la chambre. Déborah s'en approcha et poussa un cri à la vue de son visage bouleversé, où ne subsistait plus la moindre trace de maquillage. Avec ses cheveux en désordre, elle avait bien piètre mine ! Dieu seul savait ce que Mathieu pouvait lui trouver ! Les hommes étaient décidément de bien étranges créatures. Il suffisait qu'une femme leur résiste pour qu'ils se piquent au jeu et veuillant à tout prix la conquérir. Si elle avait un peu plus dissimulé ses sentiments à Robert, peut-être se serait-il piqué au jeu lui aussi ?

Elle se sentit mieux tout à coup. A l'avenir, elle saurait garder son sang-froid et rester maîtresse de la situation. Des scènes comme celle de tout à l'heure ne devaient plus se reproduire.

Forte de cette résolution, elle s'étendit sur le lit dans l'intention de dormir un peu. La journée avait été dure, éprouvante, et elle avait l'impression de ne pas avoir fermé l'œil depuis des semaines entières.

Derrière ses paupières closes apparut le visage de Robert. Il y avait fort à parier que d'ici un an elle ne se souviendrait même plus de ses traits. Le temps aurait accompli son œuvre. Le temps... et Mathieu Tyrell, car il y serait aussi pour quelque chose, c'était indéniable. « En tout cas, songea la jeune fille à moitié endormie, on ne peut pas lui reprocher d'être ennuyeux. Tout, sauf ennuyeux... »

Lorsqu'elle s'éveilla, le crépuscule tombait. Des ombres bleues peuplaient la pièce. Un bruit derrière elle l'alerta, et elle se dressa d'un bond sur son lit. A la fenêtre frappait quelqu'un dont elle n'arrivait pas à distinguer le visage.

Dans un demi-sommeil, elle se traîna péniblement jusqu'au lieu du tapage.

— Oh, mon Dieu ! gémit-elle en reconnaissant la figure collée à la vitre. J'aurais dû y penser...

Elle ouvrit la croisée d'un coup sec.

— Hé, attention ! Vous allez me décapiter !

— Ne me tentez pas, je vous en prie... Et d'abord, que faites-vous ici ?

— Je vous expliquerai, mais donnez-moi la main. Tyrell est dans les parages, et je ne tiens pas particulièrement à ce qu'il me voie.

Après avoir enjambé l'appui de la fenêtre, Rodney se laissa tomber de tout son poids à côté d'elle.

— Comment saviez-vous que j'étais ici ? lui demanda-t-elle.

— J'ai croisé deux jeunes gens qui rentraient à Venise. En bavardant avec eux, j'ai appris où vous vous trouviez.

— Eux ?

— Lui est photographe, et la fille qui l'accompagnait a manifestement une passion pour Tyrell. Elle clamait vengeance à qui voulait l'entendre.

— Thérésa Scalatio ! s'écria Déborah consternée.

— Oh, parce que vous la connaissez ? Elle est diablement sexy !

Avec un clin d'œil égrillard, il ajouta :

— Cette petite me plaît. Et, cela dit sans vouloir vous offenser, je ne comprends pas le choix de Tyrell...

— Rien ne peut m'offenser venant de vous, rétorqua sèchement la jeune fille. Vous n'avez toujours pas répondu à ma question : que venez-vous faire ici ?

— Je ne devrais pas vous le dire mais... Hal voudrait sortir un article sur vous en exclusivité ! Pour une fois que l'un des nôtres défraie la chronique, nous n'allons pas laisser passer ça !

— Et naturellement vous n'avez pas le moindre scrupule envers moi qui suis une amie et collègue...

Déjà il commençait à inspecter la pièce, enregistrant mentalement chaque détail susceptible d'illustrer son article. Il lui jeta un regard amusé par-dessus son épaule.

— Il y a une chose que j'ai toujours aimée chez vous, Deb, c'est votre sens de l'humour…

— Je n'en ai peut-être pas, Rodney, mais je vous préviens : si vous écrivez une seule ligne sur ce sujet, je vous tue ! Et je vous jure que je le ferai !

L'autre venait de s'arrêter au pied du lit et le mesurait du regard.

— Un peu petit… Mais Tyrell en a peut-être un plus grand quelque part.

Folle de rage, Déborah le frappa à toute volée. Il tomba par terre, entraînant dans sa chute une chaise qui se trouvait là. La jeune fille frémit en regardant la porte. Mathieu n'allait-il pas être alerté par tout ce tapage ?

8

Rodney se remit sur pied en se frottant la tête.

— En voilà des manières! C'était une simple supposition. Je ne voulais pas vous insulter!

— Mais vous l'avez fait. Baissez le ton! Il va vous entendre.

— Je ne vois pas, dit-il à voix basse, ce qu'il y a d'insultant à constater que ce lit est un lit d'une personne...

— C'est un lit d'une personne pour la bonne raison que je vais y dormir seule!

— Après les photos qui sont parues sur vous deux! Il éclata d'un rire sonore.

— Allons... Vous n'allez pas me faire croire ça!

— Croyez ce que vous voulez, je m'en moque.

Le plantant là, elle alla écouter à la porte.

— C'est proprement incroyable! murmura la voix de Rodney derrière elle.

— Ah! Oui... Quoi?

— Que vous ayez pu séduire un type comme lui! déclara-t-il avec la sincérité un peu brutale qui le caractérisait. Bien sûr, vous n'êtes pas mal, ce n'est pas ce que je veux dire...

Il essayait de se rattraper.

— ... mais vous n'êtes pas la fille époustouflante avec laquelle je m'attendais à le voir! Un parti comme

Mathieu Tyrell, avec tout l'argent qu'il a !... Vous, je comprends que vous vous accrochiez, mais lui... Il n'avait que l'embarras du choix !

Elle mourait d'envie de le frapper à nouveau, mais se contint.

— Vos commentaires ne m'intéressent pas.

L'expression de son regard dut l'effrayer car il préféra s'écarter un peu.

— Hal m'a néanmoins chargé de vous transmettre ses félicitations. Maintenant que vous voilà future femme de millionnaire, il espère que vous n'oublierez pas vos bons vieux amis des années difficiles.

— Oh, non ! Je ne les oublierai pas... Si jamais je retrouve Hal sur mon chemin, je l'écorche vif !

— Quoi qu'il en soit, je donnerais cher pour savoir comment vous avez rencontré Tyrell.

Aucun bruit ne signalant la présence de Mathieu dans les parages, Déborah lança négligemment par-dessus son épaule :

— Le coup de foudre, vous connaissez ? Et maintenant, si j'ai un conseil à vous donner, occupez-vous de vos affaires !

— Oh, Deb, ne soyez pas si dure ! Si je reviens sans article, Hal va me dévorer tout cru...

— Je me ferai un plaisir de lui fournir la fourchette et le couteau, ironisa-t-elle.

— Ne soyez pas comme ça ! A quand le mariage ?

— Rodney, voici la fenêtre. Je vous somme de quitter cette pièce immédiatement !

— Je sais bien pourquoi vous êtes furieuse... Vous m'en voulez de vous avoir dit que vous n'aviez pas la beauté pulpeuse qui convenait à Tyrell ! Les femmes sont toutes les mêmes : elles adorent les compliments, mais si vous vous avisez de leur faire sentir qu'elles ne sont pas Hélène de Troie ou Brigitte Bardot, elles sont prêtes à vous arracher les yeux !

— Attention à vous, Rodney, vous pourriez me donner des idées... Si vous ne sortez pas d'ici sur-le-champ, cela pourrait vous arriver !

Nullement intimidé par cette remarque, l'autre s'assit sur le lit.

— Vous allez avoir affaire à forte concurrence, croyez-moi... La vie de Tyrell est truffée de créatures de rêve !

Déborah dut se dominer pour garder son sang-froid. Ce genre d'allusion était bien dans le style de Rodney ! Elle voyait déjà sous quel angle il allait aborder son article. La vie de Mathieu serait passée au crible.

— Sortez ! glapit-elle en s'avançant vers lui.

— Sa dernière maîtresse en date était une vraie beauté, poursuivit-il comme si de rien n'était. Elle ne m'aurait pas déplu, je l'avoue...

Le saisissant aux épaules, elle voulut l'obliger à se mettre debout. Mais il en profita pour l'attirer vers lui.

— Allons, Deb ! Seriez-vous jalouse par hasard ?

— Oh !...

Ulcérée, elle lutta de toutes ses forces pour se dégager, mais ne réussit qu'à perdre l'équilibre et à se retrouver allongée à côté de Rodney qui la contemplait en souriant.

— Si jamais vous osez... commença-t-elle en voyant qu'il allait l'embrasser...

Mais elle ne put terminer sa phrase.

Mathieu venait de faire irruption dans la chambre. Sans laisser à l'autre le temps de bouger, il l'empoigna et l'obligea à repartir par où il était venu.

Puis, sans tenir compte de ses protestations, il referma la fenêtre d'un coup sec et se tourna, blême de colère, vers Déborah.

— Je présume que ce freluquet est le héros qui vous faisait sangloter hier dans votre oreiller ? Vous me décevez, Miss Linton... De votre part, je m'attendais à un goût plus sûr !

Elle voulut se justifier, mais il ne lui en laissa pas le temps.

— Vous ne lui avez rien dit, j'espère, que vous

114

pourriez être amenée à regretter !... Quand j'ai entendu des bruits de voix dans votre chambre, j'ai d'abord cru que vous aviez des talents de ventriloque. Mais il m'a suffi de faire le tour de la maison et de jeter un coup d'œil par la fenêtre pour savoir à quoi m'en tenir. Heureusement que je suis intervenu. Si vous aviez nié nos fiançailles, il vous aurait fallu faire un contre-démenti, et vous auriez eu l'air stupide ! Fait-il partie du complot que vous avez fomenté contre moi pour le compte de *Preuve ?*

— Il n'y a pas de complot, je me tue à vous le répéter ! Vous savez bien que c'est Thérésa qui a lancé ce photographe sur nos talons !

— Oui, bien sûr ! Mais vous avez tout de suite vu le parti que vous pourriez en tirer, ne dites pas le contraire ! Depuis cette malencontreuse affaire d'il y a quatre ans, *Preuve* et vous avez décidé d'avoir ma peau. Mais je ne me laisserai pas faire. Si jamais l'un de ces maudits voyous de *Preuve* revient rôder par ici, je lui tords le cou !

Manifestement soulagé, il jeta un coup d'œil par la fenêtre.

— Votre petit ami a filé sans demander son reste. Je crois qu'il a compris !

— Ce n'est pas mon petit ami. Il travaille avec moi, c'est tout.

— Oh ! Je vois... rétorqua-t-il d'un air sarcastique. Si c'est votre manière de travailler, je ne m'étonne plus que les articles de journaux soient si mal écrits ! Vautrés sur un lit à rire et à s'embrasser... Pour qui me prenez-vous ? Cet homme est votre amant, oui !

Déborah faillit en suffoquer d'indignation.

— Oh ! Et puis, après tout, pensez ce qu'il vous plaira !

— Heureusement pour moi, je me suis déjà passé de votre permission.

— En tout cas, vous feriez bien de courir chez un psychanalyste ! Votre état est des plus alarmants !

— C'est ça ! Insultez-moi maintenant ! C'est la seule solution lorsqu'on est à bout d'arguments.

— Je vous défends de me parler sur ce ton !

— Chère amie, vous commencez à m'agacer prodigieusement...

Il s'avançait vers elle d'un air menaçant. Entrevoyant ce qui allait suivre, elle amorça un mouvement de recul.

— Ne me touchez pas !

— Et moi qui avais fini par croire à tous vos beaux discours sur l'amour... Quel fou j'étais ! J'aurais dû me rappeler qu'il ne faut jamais prêter foi aux dires des femmes, et encore moins des journalistes... Désormais, vous ne m'y reprendrez plus ! Si vous acceptez de vous rouler sur un lit avec le premier venu, pourquoi pas avec moi ?

C'était la première fois qu'elle le voyait dans un état pareil ! C'est tout juste si des flammes ne sortaient pas de sa chevelure noire, et ses yeux étincelaient de colère !

— S'il y a une chose que je ne supporte pas, dit-il en la prenant brutalement dans ses bras, c'est qu'on se paie ma tête...

Il la jeta de force sur le lit. Evanouies les belles résolutions de Déborah de garder son sang-froid coûte que coûte ! Ivre de fureur, elle se débattait comme un diable pour lui échapper. Peine perdue... A la seconde même où les lèvres de Mathieu s'emparèrent des siennes, elle cessa toute résistance. Instinctivement, elle glissa même les mains dans l'échancrure de sa chemise. Aussitôt, le baiser rageur s'adoucit comme par magie.

Horrifiée, elle s'entendit gémir sous les caresses de Mathieu. Tout son corps vibrait d'un plaisir intense. Soulevée par une vague irrésistible, elle ne pouvait que se laisser aller... Heureusement pour elle, la pente dangereuse sur laquelle elle se sentait glisser fut brutalement interrompue par le flash d'une caméra cachée au-dehors.

— Nom d'un chien ! Encore eux !

Au comble de la fureur, Mathieu s'était rejeté en

arrière. La seconde d'après, il enjambait la fenêtre pour se lancer à la poursuite de l'intrus.

Elle entendit bientôt le bruit d'une chute, suivie d'une bordée de jurons. Sans même se lever pour aller voir, elle devina ce qui s'était passé. Comme elle, Mathieu avait dû trébucher sur une de ces grosses racines qui jonchaient le sol.

Sa lucidité retrouvée, elle éprouva le besoin de se rafraîchir le visage. L'eau glacée sur ses joues en feu l'apaisa quelque peu. Du dehors lui parvint le bruit d'une voiture qui se mettait en route. Quelques instants plus tard, Mathieu réapparaissait à la fenêtre et sautait à l'intérieur.

— Je vous rappelle qu'il existe une porte pour entrer ici! l'informa-t-elle de sous la serviette avec laquelle elle était en train de s'essuyer.

— Vous serez sans doute heureuse d'apprendre que votre amant a pris le large avec sa photo.

— Ce n'est pas mon amant !

— Et la scène que j'ai surprise tout à l'heure ? C'est peut-être une illusion d'optique ? En tout cas, vous aviez l'air de bien rire à mes dépens !

A mesure qu'il parlait, sa voix se durcissait.

— Quelle sorte d'homme est-ce pour prendre ainsi des photos de sa maîtresse avec un autre ?

— Je ne suis pas sa maîtresse, rétorqua Déborah en repliant méticuleusement sa serviette. Si vous voulez la vérité…

— La vérité ? Ce mot sonne bien mal dans votre bouche !

Les yeux bleus la scrutaient intérieurement.

— Mais je vous préviens… Que je ne vous reprenne pas avec lui dans cette maison, ou je l'achève sur place ! Compris ?

Jugeant plus prudent de se contenir, la jeune fille prit une profonde inspiration et compta jusqu'à dix. Elle le connaissait maintenant suffisamment pour savoir qu'il valait mieux ne rien répondre lorsqu'il était dans cet état. Laisser passer l'orage en quelque sorte...

— Vos vêtements ont besoin d'un bon coup de brosse, lança-t-elle pour faire diversion. Vous avez dû vous salir en trébuchant sur cette racine...

Il grommela quelques mots inaudibles et sortit en claquant la porte. Aussitôt, elle tira le verrou et referma soigneusement la fenêtre. Si Rodney revenait, il pouvait bien tambouriner toute la nuit, elle ne lui ouvrirait pas.

Ses remarques sur le passé de Mathieu lui revinrent brusquement en mémoire. Sur ce plan-là, du moins, il n'avait pas tort. Les aventures de Mathieu Tyrell ne se comptaient plus. Rien d'étonnant à ce qu'il soit si expert à éveiller la sensibilité d'une femme. Comment avait-elle pu se laisser abuser à ce point ? Les caresses de cet homme lui avaient fait perdre tout sens commun !

« Dommage que je n'écrive pas cet article moi-même ! se dit-elle, furieuse contre elle-même. Je sais déjà comment je le présenterais... » : Play-boy international, magnat des affaires, grand amateur de boîtes de nuit, coqueluche de la haute société... Les clichés ne manquaient pas pour le qualifier. Et, comme le disait Hal, « plus les formules sont courtes et lapidaires, plus elles ont d'impact chez le lecteur. Inutile de perdre du temps à fignoler vos phrases, elles seraient oubliées la minute d'après ! Soyez claire et concise, donnez-leur des faits, rien que des faits... et renoncez à écrire comme Marcel Proust ! Le journaliste n'est pas un romancier »... Elle se souvenait comme si c'était hier du premier article qu'elle lui avait remis.

— Comme c'est joliment tourné ! s'était-il écrié après l'avoir lu.

Eberluée, elle l'avait vu alors faire une boulette de son papier et le jeter à la corbeille.

— Et maintenant, au travail ! Je ne veux pas plus d'un paragraphe, et surtout des faits... je vous en prie, des faits !

La leçon avait porté. Maintenant, à chaque fois qu'elle était tentée de faire de grandes digressions, elle se souvenait du conseil de Hal. L'actualité avait la vie brève. Moins de vingt-quatre heures après leur parution, les journaux étaient jetés au panier. A passer d'un article à un autre, on apprenait à aller droit au but, sans fioritures inutiles.

Et la vie amoureuse de Mathieu Tyrell était une mine pour un journaliste. Tumultueuse, elle abondait en clichés de tout genre. D'ailleurs, *Preuve* n'avait pas épargné sa vie privée lors de son enquête, quatre ans auparavant. Même si Déborah ne s'était pas occupée de cet aspect-là de l'affaire, elle s'en souvenait vaguement. Le nom de l'industriel avait été associé aux plus grandes stars du moment.

« Pas étonnant qu'il fasse preuve d'une telle technique ! » songea-t-elle avec un regain de colère. Elle se serait battue d'avoir répondu à ses baisers avec une telle ferveur ! Il ne fallait à aucun prix que ce genre de « représaille » devienne une habitude. C'était beaucoup trop dangereux...

Tout cela ne serait probablement jamais arrivé si elle n'avait pas été dans un tel désarroi au moment de leur rencontre. Jamais elle n'avait cédé aussi facilement aux avances d'un homme ! A vrai dire, pour être sincère, aucun ne l'avait réellement tentée... Ce qui rendait sa résistance d'autant plus facile ! Mathieu Tyrell, lui, était différent des autres. La froideur dont elle usait habituellement pour se débarrasser des importuns n'avait aucun effet sur lui. Peut-être se connaissaient-ils déjà trop bien l'un l'autre... Toujours est-il qu'elle ne savait plus comment se comporter à l'avenir.

Elle qui se vantait d'avoir une haute conception de l'amour, quelle humiliation ! Mathieu Tyrell n'avait qu'à apparaître et poser ses mains sur elle pour qu'elle perde instantanément toute retenue... Or qu'était-elle pour lui ? Une simple passade, rien de plus ! Elle en vint à bénir le flash de Rodney qui lui avait évité de commettre une bêtise irréparable.

Rodney ! A la pensée de la photo qu'il avait prise, son visage s'empourpra. Actuellement, il devait faire route vers Venise en riant comme un fou.

S'il avait encore un doute sur ses relations avec Mathieu, le baiser passionné qu'il avait surpris l'avait à coup sûr dissipé.

Elle en était là de ses pensées lorsque le bruit d'un moteur, dehors, l'alerta. Intriguée, elle ouvrit sa porte. Nulle trace de Mathieu. Elle se rua sur la terrasse. La voiture qui les avait amenés était de retour, mais manifestement pas pour longtemps. A côté, dans la lueur des phares, elle reconnut l'homme qui la tenait prisonnière de cette maison.

Le chauffeur effectuait déjà sa manœuvre de départ.

— Attendez ! cria Déborah en faisant de grands gestes.

Se débarrassant en hâte des valises qu'il portait, Mathieu lui barra le passage.

— Ecartez-vous ! Je veux repartir avec lui !

— Il n'en est pas question. Vous restez ici avec moi !

Les yeux dans les yeux, ils se mesuraient du regard. Une envie terrible de le frapper s'empara de Déborah.

— Je ne vais tout de même pas passer la nuit ici, seule avec vous ?

— Eh bien, précisément si ! rétorqua nonchalamment Mathieu.

La mort dans l'âme, elle aperçut la voiture qui disparaissait au détour de l'allée. Avec elle s'en allait sa dernière chance d'échapper à l'individu dangereux qui lui faisait face.

— Vous ne me garderez pas ici contre ma volonté !

— Ah non ?

— Si Thérésa apprend que nous sommes restés, ce jardin ne sera plus demain qu'une horde de *paparazzi* !

Il sourit.

— Je ne le crois pas. J'ai pris mes dispositions en conséquence.

A bout d'arguments, elle s'écria :

— Je n'ai jamais eu l'intention d'écrire un seul mot sur vous, je vous le jure !

Comme il souriait toujours, elle ajouta :

— D'ailleurs, je ne veux plus jamais entendre parler de vous ! Jamais !

— Charmant !

Une colère froide animait le regard de Mathieu.

— Vous avez l'art de trouver les paroles blessantes. Serait-ce votre métier qui vous rend si agressive ?

Sur ce, il s'empara de leurs valises et prit la direction de la villa. Un grand carton était resté par terre. Il revint le prendre.

— Voilà de quoi subsister quelques jours. J'ai demandé au chauffeur de nous rapporter des steaks. Je meurs de faim !

— Bon gré, mal gré, je suis votre invitée ! rétorqua vertement Déborah. A vous, cette fois, de faire la cuisine !

— Vous le regretterez, car je n'ai aucun talent pour ça !

— Eh bien, je prendrai mon mal en patience… dit-elle en haussant les épaules. Appelez-moi lorsque ce sera prêt.

Comme elle s'éloignait, il lui cria :

— Pendant que je vous prépare le plus détestable des repas que vous ayez jamais mangé, profitez-en donc pour vous rendre un peu plus féminine ! Cela vous changera les idées…

« Le mufle ! » songea-t-elle en regagnant sa chambre. Cet homme avait décidément le don de l'irriter ! On aurait dit, d'ailleurs, qu'il y prenait un malin plaisir. Cette lueur moqueuse dans son regard à chaque fois qu'elle s'énervait…

Pourtant un homme aussi prompt lui-même à s'emporter aurait dû s'attendre à la colère des autres. Avec ces affrontements incessants, la conflagration était inévitable. Etait-ce là ce qu'il cherchait ?

Déborah tressaillit en apercevant son reflet dans la glace. Il avait raison : elle n'avait pas fière allure ! Qu'à cela ne tienne, elle allait y remédier. Après avoir pris soin de verrouiller sa porte, elle s'installa devant sa coiffeuse. « Plus féminine... » Il allait voir ce qu'il allait voir !

Affairé comme il l'était, il ne leva même pas la tête lorsqu'elle entra dans la cuisine.

— Ne venez pas vous plaindre, bougonna-t-il, je vous ai prévenue. A votre place, j'aurais préféré me contenter d'un sandwich !

Une odeur de brûlé flottait dans l'air. La jeune fille ne tarda pas à en connaître l'origine : un morceau de viande calciné gisait dans un plat au milieu de la table.

— Je vois... dit-elle en s'approchant. Si je comprends bien, c'était un steak ?

Comme il ne répondait pas, elle leva les yeux et le vit qui la contemplait des pieds à la tête. Il émit enfin un long sifflement admiratif.

— Merci, dit-elle sèchement.

— Quel régal pour les yeux ! Si le dîner est immangeable, tant pis... Le spectacle à lui seul en valait la peine !

Ignorant la remarque, elle reporta son attention sur le steak.

— Que s'est-il passé ? J'aurais dû vous signaler que je préférais la viande saignante...

— Voilà ce qui arrive lorsqu'on veut faire plusieurs choses à la fois ! s'écria Mathieu avec un haussement d'épaules. J'ai eu envie d'ajouter des oignons. Mais le temps de les éplucher, le steak avait brûlé.

— Et l'odeur ? Vous n'avez rien senti ?

— Je l'aurais sentie si j'avais été là ! Mais comme j'ai horreur de celle des oignons, je suis sorti les éplucher sur la terrasse, à l'air libre... Bien mal m'en a pris ! Aussi, je n'aurais jamais pensé que la viande pouvait cuire si vite !

122

Elle leva les yeux au ciel et nota la présence de moucherons autour de la lampe.

— Vous auriez pu au moins vous dispenser de laisser la porte ouverte ! Nous ne serions pas envahis par les insectes !

— O.K., c'est ma faute… mais je ne suis pas maîtresse de maison, que diable !

— Vous l'avez fait exprès, voilà la vérité !

Déborah le toisait d'un regard accusateur.

— Moi ? Comment pouvez-vous imaginer une chose pareille ?

Il feignait l'indignation.

— Sortez d'ici pendant que j'essaie de nous confectionner quelque chose de mangeable.

Elle s'empara du steak calciné et le jeta à la poubelle. Mathieu en profita pour s'éclipser discrètement.

Sans doute n'avait-il jamais cuisiné de sa vie. Il laissait ces tâches subalternes à d'autres ! Et avec sa fortune, les domestiques ne devaient pas lui manquer. Pour lui, la cuisine devait être un art mineur réservé, comme il se doit, aux femmes. Encore un de ces êtres rétrogrades et misogynes qui prônait la féminité et le « Sois belle et tais-toi »… D'un geste rageur, Déborah s'empara d'un tablier, d'une poêle, et s'appliqua à réparer les dégâts.

Fort heureusement, le chauffeur s'était montré prévoyant et avait vu large en ce qui concernait la viande. Elle trouva deux autres steaks qu'elle posa sur le grill en surveillant de temps à autre la cuisson.

Quelques minutes plus tard, Mathieu risqua une tête dans la cuisine.

— Quelle délicieuse odeur !

Il posa une bouteille de vin sur la table et s'installa.

— Vous a-t-on déjà dit que vous étiez fantastique ?

Elle rougit malgré elle.

— Je crois me souvenir d'un ou deux compliments de ce genre…

Comme elle prenait place en face de lui, il leva son verre.

— Bonne chère, bon vin, bonne compagnie... Qu'est-ce qu'un homme peut désirer de mieux ?

— On se le demande... lança-t-elle d'un air moqueur.

Il éclata de rire.

— Que vais-je devenir sans vous ? Je commence sérieusement à me le demander ! Le moins qu'on puisse dire, c'est qu'avec vous, la vie n'est pas monotone... Comment se fait-il que personne ne vous ait encore enlevée ? Les hommes que vous avez rencontrés étaient-ils tous aveugles ?

— Vous me flattez, murmura-t-elle en piquant distraitement sa fourchette dans sa viande.

— Parlez-moi un peu de votre famille. Avez-vous des frères, des sœurs ?

— Une sœur.

Et, tout naturellement, elle commença à lui parler d'Andréa. Dès qu'elle se taisait, il la relançait avec d'autres questions. Lorsqu'elle comprit qu'elle était en train de lui raconter sa vie, elle s'arrêta brusquement, le temps d'avaler une gorgée de vin.

— Et votre père continue toujours à sillonner les mers entre Stockholm et Londres ?

Elle acquiesça.

— Son métier le passionne. Sur le terre ferme, il ne sait pas quoi devenir.

— Je comprends... Mais ce n'est guère compatible avec une vie de famille. Rester seul avec deux filles, c'est une lourde responsabilité ! A vous entendre, il l'a plutôt esquivée, non ?

— Il ne s'est guère embarrassé de nous, c'est vrai, avoua Déborah. En fait, je crois qu'il aurait mieux fait de ne jamais se marier du tout.

— Vous ne le voyez plus ?

— Très rarement. Quelquefois, à Noël, il vient passer quelques jours chez Andréa.

124

— Et vous, vous passez les Fêtes avec elle ?

— Ordinairement, oui.

— Vous êtes très proches, n'est-ce pas ?

— Sans doute. Malgré sa tendance à me prendre toujours pour une adolescente, Andréa veille sur moi comme une mère. En fait, elle est ma seule famille.

— Vous ne connaissez pas votre chance, murmura-t-il avec une soudaine amertume. La mienne est grande, avec des tentacules qui me suivent partout à travers le monde. A certains moments, j'ai l'impression qu'elle m'étouffe.

— Vos frères et sœurs sont plus âgés ou plus jeunes que vous ?

— J'ai deux sœurs aînées, et une plus jeune. Toutes les trois sont mariées, avec des enfants. J'ai aussi un frère plus jeune dont la femme attend un bébé. A part cela, je regorge d'oncles et tantes, sans compter les cousins. Ceux d'Angleterre sont les pires. Aucun de mes faits et gestes ne leur échappe ! Je dois sans cesse me cacher d'eux...

— C'est drôle, je ne vous imaginais pas doté d'une nombreuse famille...

— Ah ? Et comment me voyiez-vous donc ? Je serais curieux de le savoir...

Le menton dans la main, il avait l'air ravi d'un enfant qui voit pour la première fois quelqu'un s'intéresser à lui. Déborah fut instantanément sur le qui-vive.

— A vrai dire, je ne me suis jamais posé la question.

— Eh bien, il est grand temps de le faire, répliqua-t-il en souriant.

Pourquoi la regardait-il ainsi ? A l'idée de voir se développer entre eux une quelconque intimité, elle frissonna. Mathieu Tyrell était décidément très habile...Elle le mesurait de plus en plus. Sur le ton de la plaisanterie, il arrivait sans en avoir l'air à faire ce qu'il voulait des gens. C'était un charmeur-né. Et elle devait faire preuve d'une extrême vigilance si elle ne voulait pas succomber à son tour.

— Je ne vous connais pas suffisamment pour me faire une opinion, remarqua-t-elle d'un ton évasif.

— Hypocrite ! s'écria-t-il d'un air moqueur. Qui croirait que sous cette jolie tête blonde se cache une telle duplicité ? Je vous crois capable de tout ! Même de trancher froidement la gorge du plus fervent de vos admirateurs pendant qu'il vous contemple...

— S'il le mérite, pourquoi pas ? fit-elle en réprimant un sourire.

— Vous voyez ? Je vous trouve bien terrifiante pour une femme...

Cette remarque ne fut pas du goût de Déborah dont les yeux se mirent à lancer des éclairs... pour la plus vive satisfaction de son interlocuteur, qui ne comptait pas en rester là.

— Je serais curieux de savoir à quoi ressemblait votre Robert...

Trop interloquée pour répondre, elle feignit de s'absorber dans la contemplation de son verre.

— Séduisant, laissa-t-elle tomber enfin du bout des lèvres.

— Oui, mais encore ? Qu'avait-il de spécial pour susciter un tel engouement de votre part ? Car vous n'êtes pas du genre à vous éprendre du premier venu... Est-ce que je me trompe ?

Après une brève hésitation, elle opta pour la franchise.

— Non...Pendant des années, mon métier a été la seule chose qui comptait pour moi. Je crois que Robert est arrivé à un moment propice : j'en avais assez de parcourir le monde, j'avais envie d'autre chose. De tomber amoureuse, peut-être...

— Et vous l'avez fait. En choisissant soigneusement un homme qui n'était pas pour vous...

— Que voulez-vous dire ? s'enquit-elle, intriguée.

— Et bien, d'après ce que vous m'avez raconté de Robert, je me demande si vous n'avez pas inconsciemment recherché un homme semblable à votre père —

126

c'est-à-dire un être constamment tenté de fuir ses responsabilités. La fatalité nous pousse souvent à répéter des situations qui nous ont profondément marqués dans notre enfance. Sans même vous en rendre compte, vous avez peut-être reconnu en Robert les caractéristiques que votre éducation vous poussait à attendre chez un homme.

Trop émue pour répondre, Déborah fit tourner son verre entre ses mains.

— Mais peut-être suis-je indiscret ? risqua-t-il doucement.

— Je crois que je ferais mieux de débarrasser...

— Voilà au moins un domaine où je peux me rendre utile sans crainte de me couvrir de ridicule ! dit-il en se levant.

Devant le refus manifeste de Déborah de continuer la discussion, il jugea préférable de ne pas insister.

9

Quand ils eurent rendu à la cuisine un semblant d'ordre, ils entreprirent de jouer aux cartes. Les moucherons, attirés là par l'inadvertance de Mathieu, voletaient autour de la lampe dans un bourdonnement incessant. Dehors, le vent s'était levé, faisant bruisser les branches des oliviers. Tout le paysage baignait dans un étincelant clair de lune.

— Vous jouez ou vous rêvez ?

La voix de Mathieu la fit sursauter.

— Excusez-moi, mais vous aviez raison : la vue sur les montagnes est fantastique !

— Et c'est encore mieux de jour.

En la voyant jeter une carte sans conviction, il les ramassa toutes.

— Vous n'avez décidément pas l'esprit au jeu !

— Déjà fini !... Qui a gagné ?

— Moi, bien sûr ! Vu le peu d'intérêt que vous portiez à la partie... Vous semblez lasse. Pourquoi ne pas aller vous coucher ?

Déborah se leva en étouffant un bâillement.

— Vous avez raison, j'y vais de ce pas. Bonne nuit.

Sur le point de refermer la porte, elle l'entendit murmurer sur un ton qui ne lui plut guère :

— Faites de beaux rêves !...

Arrivée dans sa chambre, elle se déshabilla et se glissa

avec délices entre ses draps. La minute d'après, elle dormait déjà.

Des coups frappés à sa porte l'éveillèrent le lendemain matin. Le soleil inondait la chambre.

— Alors, belle endormie, désirez-vous du café, oui ou non ?

C'était la voix de Mathieu. Elle se leva en hâte et enfila son peignoir. Le regard dont il l'enveloppa lorsqu'elle lui ouvrit la porte la rasséréna. Elle se sentait tout à coup pleine de vie. La bonne nuit qu'elle venait de passer y était sans doute pour quelque chose.

En le voyant déposer le plateau, habillé et rasé de frais, elle eut une curieuse impression. C'était comme si cet homme avait toujours fait partie de sa vie. Il lui semblait le connaître depuis des années. Et pourtant, leur rencontre ne remontait qu'à quelques jours...

Elle le considéra d'un air songeur tandis qu'il lui versait une tasse de café. Ce grand corps nonchalamment incliné, ces cheveux très noirs...

— Vous prenez du lait ?

Elle l'entendit à peine.

En levant la tête, il rencontra son regard. La jeune fille rougit, comme prise en faute.

— Je vous demande si vous prenez du lait ? insista-t-il avec un sourire.

— Oui, merci.

« Je dois m'éloigner de lui au plus vite », se disait-elle. Qu'était-il pour elle ? Rien. Cette brusque émotion qu'elle avait cru ressentir au creux de la poitrine était pure imagination. Afin de masquer son trouble, elle avala d'un trait sa tasse de café.

— J'ai déjà pris mon petit déjeuner. Je vous laisse dormir, dit-il en se dirigeant vers la porte.

— Merci pour cette délicate attention.

Horriblement consciente de ce que sa voix avait de crispé, elle évita de le regarder.

— Vous découvrez enfin mes bons côtés, j'en suis bien aise ! s'écria-t-il avec une inflexion moqueuse avant de refermer derrière lui.

Que lui arrivait-il ? Etait-ce le contre-coup de sa rupture avec Robert ? Depuis sa rencontre avec Mathieu, elle était d'une incroyable nervosité. Un rien la faisait bondir. Elle ne cessait d'être sur le qui-vive. Cela ne lui ressemblait pas. Elle qui s'était toujours considérée comme le contraire d'une personne émotive... Faire preuve d'efficacité et de calme en toutes circonstances était sa devise. Bien sûr, son aventure avec Robert avait quelque peu ébranlé son solide équilibre. Mais cela n'expliquait pas tout... Depuis son arrivée à Venise, elle était incapable de réfléchir posément.

« Voilà pourtant bien ce que je devrais faire ! » se dit-elle en allant verrouiller sa porte. Réfléchir... Son petit déjeuner terminé, elle prit sa douche et s'habilla en hâte d'un jean blanc et d'un tee-shirt bleu marine. Ainsi vêtue, elle eut l'impression de se retrouver elle-même. « Folle que tu es ! dit-elle à son reflet dans la glace. Ressaisis-toi ! Vois les choses en face ! Mathieu Tyrell n'a pas de place dans sa vie pour quelqu'un comme toi ! Ce qu'il cherche, tu le sais trop bien... » Et il était hors de question pour elle de le lui accorder.

« Surtout se souvenir de ça », marmonna-t-elle tandis qu'elle entrait dans la cuisine pour rapporter le plateau.

— C'est un signe qui ne trompe pas, observa Mathieu en levant les yeux du livre qu'il était en train de lire.

— Que voulez-vous dire ?

— On commence à parler tout seul, et puis...

— Puis-je espérer rentrer à Venise aujourd'hui ?

Elle préférait changer de sujet.

— Non.

Le ton était catégorique.

— Que diriez-vous plutôt d'une promenade dans la montagne ? Les paysages sont à couper le souffle.

Déborah regarda par la fenêtre. Ce serait toujours

autant de temps qu'ils ne passeraient pas enfermés en tête à tête.

— Pourquoi pas ?

Il lui avait parlé de quelques jours. Demain sans doute, elle serait à Venise, et toute cette histoire ne serait plus qu'un mauvais souvenir.

— Je crois entendre vos pensées, dit Mathieu en l'observant.

Etonnée, elle se tourna vers lui.

— Ah oui ?

— Vous avez un air de conspirateur qui ne trompe pas. Mais ne vous faites pas d'illusions : vous resterez ici tant que je le jugerai utile.

— J'ai un travail qui m'attend, vous semblez l'oublier !

— Pour le moment, vous êtes en vacances.

— Et vous ? J'imagine que vous ne manquez pas de responsabilités ? Vos collaborateurs doivent se demander où vous êtes passé...

— Fort heureusement pour moi, j'ai des tas de gens pour me seconder !

Il haussa les épaules.

— D'ailleurs, s'ils ont besoin de moi, ils savent où me trouver.

— Ma sœur, elle, ignore tout du lieu où je suis. Si elle lit les journaux, elle doit être folle d'inquiétude !

— Envoyez-lui un télégramme. Je veillerai personnellement à le lui faire parvenir.

Déborah fit la grimace.

— Un télégramme n'y suffirait pas...

— Je croyais que les journalistes avaient le don des phrases concises ?

— En ce qui vous concerne, il est certain qu'un ou deux mots suffiraient à vous décrire, concéda-t-elle. D'ailleurs, je les ai déjà en tête...

— J'ai dit « concises », pas « injurieuses ».

— Dans votre cas, les deux se confondent.

Mathieu la considéra avec insistance.

— Une langue de vipère, voilà ce que vous êtes ! Mais je suppose que je ne suis pas le premier à vous faire cette remarque ?

— Pas précisément, en effet…

— Et tous des hommes, naturellement ?

— Je n'en ai pas souvenir.

Il partit d'un brusque éclat de rire.

— J'en étais sûr ! En fait, il n'y a qu'une seule façon d'agir avec les femmes comme vous…

Il s'avançait vers elle, et elle comprit en un éclair où il voulait en venir. Elle aussi commençait à le connaître.

Mais si rapide fût-elle, elle ne put l'esquiver. Déjà, il prenait possession de ses lèvres. Un baiser, là encore d'une violence extrême. Malgré elle, elle sentit son cœur s'accélérer, et sa colère redoubla de se voir si vulnérable. A l'instant même où il la relâchait, elle laissa tomber d'un ton glacial :

— J'aimerais qu'à l'avenir vous vous dispensiez de ce genre de démonstration. Il est fort désagréable d'être ainsi constamment agressée !

Elle vit Mathieu blêmir et se détourner sans un mot. Une telle réaction l'étonna de sa part. Il avait l'air vraiment furieux… Après réflexion, elle en conclut qu'elle avait dû l'atteindre dans sa fierté de mâle. Sans doute s'imaginait-il que ses baisers étaient irrésistibles…

Par-dessus son épaule, il lui lança :

— Je pourrais vous faire regretter ces mots, Miss Linton ! Méfiez-vous…

Sur le point de répliquer, elle se ravisa. Si elle continuait sur cette lancée, Mathieu Tyrell allait entrer dans l'une de ces colères noires dont il avait le secret. A quoi bon risquer cela ? Dans ces cas-là, il était capable de tout…

Ce fut seulement deux heures plus tard, lorsqu'ils eurent atteint le sommet d'une montagne particulièrement escarpée, que Mathieu consentit enfin à se détendre. Pendant toute l'ascension, il n'avait pas prononcé un mot.

Etendu sur le dos, il observait Déborah d'un air amusé.

— Vous semblez épuisée... Manqueriez-vous d'entraînement ?

— Je n'ai pas l'habitude d'escalader les Dolomites, en effet...

— Que faites-vous ? Je veux dire... lorsque vous ne travaillez pas ?

— Théâtre, cinéma, concerts... tous les loisirs de ce genre.

Cela lui rappela Robert, et elle détourna machinalement les yeux pour cacher son trouble. Mais non... Curieusement, elle ne ressentait plus la moindre émotion ! Ce nom qui, hier encore, lui arrachait des larmes n'évoquait plus rien aujourd'hui. Elle constata ce phénomène avec un mélange de surprise et de soulagement.

Mathieu l'interrogea alors sur le genre de musique qu'elle aimait, et la conversation se poursuivit ainsi. Etendus sur le sol, la tête à l'ombre des oliviers, ils parlaient sans se regarder.

Lorsqu'il lui raconta l'histoire comique d'un chef d'orchestre qui, emporté par sa fougue, avait envoyé voler sa baguette sur le nez d'un violoniste, elle éclata de rire en imaginant la scène.

Lui se souleva sur un coude pour la regarder et fut gagné à son tour par le rire.

Mais cette gaieté fut de courte durée. Le visage soudain grave, il se pencha sur elle et l'embrassa. Dans la quiétude de cette matinée que seul le chant des oiseaux venait troubler, Déborah ne songea même pas à résister. Ce baiser faisait partie du paysage. Sans réfléchir davantage, elle noua ses bras autour du cou de Mathieu et se serra plus étroitement contre lui.

Comme s'il n'avait attendu que cet appel, il lui

murmura quelques mots inaudibles avant de poser à nouveau ses lèvres sur les siennes avec un regain d'ardeur. Embrasés par la même passion, ils s'étreignaient avec fougue, oubliant tout du monde extérieur.

Comme Mathieu se détachait doucement d'elle, Déborah entrouvrit les yeux, alanguie de bonheur.

Il souriait. Et dans ce sourire, même fugitif, elle reconnut le triomphe. Déjà, il se penchait vers elle pour l'embrasser à nouveau, mais le charme était rompu.

Mathieu Tyrell n'était pas homme à supporter un échec. La réflexion qu'elle lui avait faite tout à l'heure l'avait piqué au vif. Il avait alors décidé de lui faire ravaler ses mots et croyait avoir réussi.

Mais il se trompait. S'il l'embrassait dans la seule intention de se prouver à lui-même que son charme opérait toujours, il allait être déçu. Car elle allait lui prouver le contraire... Tandis qu'il resserrait son étreinte, elle se laissa aller entre ses bras comme une poupée de son. Feignant la plus grande indifférence, elle subissait ses caresses sans réagir. Et pendant ce temps, son esprit travaillait à la vitesse de l'éclair...

Elle avait à affronter un fait particulièrement angoissant : cette fois, Mathieu ne l'embrassait pas sous l'empire de la colère... Alors, pourquoi ? D'où lui venait cette soudaine émotion qu'elle lisait sur ses traits ?

Contre sa poitrine, elle sentait son cœur battre plus vite. Il avait un souffle court et rauque qui ne trompait pas... Elle-même, devant l'insistance de ses caresses, faillit laisser échapper un gémissement de plaisir.

Il n'avait pas été sans remarquer sa passivité.

— Ne luttez pas, Déborah, lui souffla-t-il à l'oreille. Détendez-vous, laissez-vous aller...

Sans attendre sa réponse, il lui scella les lèvres d'un baiser. Et Déborah, emportée par ce tourbillon de passion qui déferlait sur eux deux, cessa de se tourmenter pour s'abandonner à la félicité de l'instant.

Peu de temps après, il roula sur le côté pour reprendre

son souffle et aspirer de grandes bouffées d'air frais. Trop étourdie pour parler, la jeune fille, étendue sur le dos, contemplait le ciel.

En l'espace de ces quelques instants, leurs sentiments réciproques avaient atteint des cimes auxquelles elle ne s'attendait pas. Lorsqu'il l'avait sentie répondre à son baiser, il était presque devenu violent à force de passion. Elle savait pertinemment que s'ils avaient été seuls à la villa, les choses n'en seraient pas restées là...

— Nous ferions mieux de rentrer, déclara-t-il en se levant.

Elle était incapable d'affronter son regard. Bouleversée, le visage en feu, elle se mit debout avec peine. Furieuse contre elle-même, elle s'aperçut qu'elle tremblait comme une feuille.

Pendant tout le trajet du retour, Mathieu resta silencieux. Mais à plusieurs reprises, elle sentit son regard peser sur elle et se garda bien de tourner la tête.

Sans doute s'imaginait-il qu'elle était déjà à lui. Ce n'était plus qu'une question d'heures... A l'idée de se retrouver seule avec lui à la villa, avec la perspective de la nuit qui s'approchait, elle se sentit prise de panique.

Lorsque Mathieu l'avait forcée à venir ici, il avait une idée bien précise en tête. Elle en était sûre maintenant... D'abord il avait été furieux contre elle, et résolu à empêcher par tous les moyens *Preuve* de publier un article sur lui. Mais là n'était pas son seul mobile... Il aimait les femmes et lui avait clairement laissé entendre qu'il la trouvait à son goût. En l'entraînant ici pendant quelques jours, il était certain de venir à bout de sa résistance.

Déborah frissonna. Il n'était pas question qu'elle figure sur la longue liste des conquêtes de Mathieu Tyrell. Voir son nom en première page des journaux à scandale ne lui disait rien qui vaille.

Elle devait absolument quitter cet endroit au plus vite. Mais comment ?

Comme ils arrivaient en vue de la villa, ils aperçurent des voitures. Mathieu s'arrêta net, en jurant d'une voix sourde.

— Je savais bien qu'ils nous retrouveraient tôt ou tard ! s'écria-t-elle avec une satisfaction vengeresse.

Pour eux, tous les moyens étaient bons. Si le sujet en valait la peine, ils étaient prêts à ramper sur les genoux pour obtenir leur cliché.

Mathieu allait faire demi-tour lorsqu'un des *paparazzi* l'aperçut. En un éclair, la meute fut autour d'eux. Mais cette fois Déborah n'éprouvait nulle rancœur à leur égard. Au contraire, elle les aurait presque embrassés d'être là !

Rodney se trouvait parmi eux. Tandis que Mathieu opposait un silence résolu aux questions qui fusaient de toute part, elle s'approcha discrètement de son collègue.

— Derrière la villa, lui glissa-t-elle en passant.

Rodney la considérant d'un air surpris, elle ajouta :

— Attendez-moi, je vous rejoins.

Son manège était passé inaperçu. Elle reprit sa place aux côtés de Mathieu, qui lui fraya tant bien que mal un chemin vers la villa.

— Où sont-ils donc passés ? marmonna-t-il en refermant la porte sur eux.

— De qui parlez-vous ?

— Mais des hommes que je paie pour assurer notre protection ! Ils devaient empêcher quiconque de pénétrer ici. Beau résultat, en effet !

— Ah ! Je comprends… Moi qui me demandais pourquoi les *paparazzi* n'avaient pas fait leur apparition plus tôt !

— Je n'allais pas leur laisser cette chance…

A cet instant, des cris retentirent dehors, et Mathieu s'approcha de la fenêtre.

— Enfin ! s'exclama-t-il.

Déborah regarda par-dessus son épaule et vit les

paparazzi s'enfuir à toutes jambes devant un petit groupe d'hommes de stature particulièrement impressionnante.

— Je vais leur dire deux mots, s'écria Mathieu en se dirigeant vers la porte.

A peine avait-il disparu que la jeune fille se rua dans sa chambre. Le temps d'entasser pêle-mêle ses effets dans une valise, et elle ouvrit la fenêtre.

Rodney sortit d'un buisson, l'air pour le moins inquiet.

— Vous êtes sûre que Tyrell n'est pas dans les parages? murmura-t-il en jetant des regards furtifs à droite et à gauche. Mes épaules gardent un souvenir cuisant de la manière dont il m'a jeté dehors l'autre jour !

Peu désireuse de s'apitoyer sur son sort, elle lui tendit sa valise sans plus attendre.

— Où est votre voiture ?

L'autre la regarda sans comprendre.

— Pourquoi ? Que se passe-t-il ?

— Ne vous occupez pas de ça. Dites-moi seulement où se trouve votre voiture.

Sous ses yeux ébahis, elle sauta par la fenêtre.

— Au bout de l'allée. Deb, allez-vous m'expliquer ? Pourquoi cette valise ? Où allez-vous ? Où est Tyrell ?

Elle s'éloigna de la villa en toute hâte, Rodney sur ses talons.

— Je pars avec vous, lui expliqua-t-elle à voix basse. Pour l'amour du ciel, faites vite ! Il ne faut pas que Mathieu nous voie.

Pendant toute la distance qui les séparait de la voiture, elle trembla de se faire surprendre. Elle n'osait pas se retourner de peur de le voir apparaître.

Devant le petit mur qui longeait la villa, Rodney lui tendit la main.

— Sautez. Ma voiture est juste là derrière...

Elle ne respira vraiment qu'une fois assise sur le siège du passager et le moteur mis en marche.

— Personne en vue, remarqua Rodney en jetant un rapide coup d'œil dans le rétroviseur.

Son soulagement était manifeste.

— Et maintenant, allez-vous me dire ce qui se passe ?

— Mêlez-vous de vos affaires !

— Allons, Deb ! Vous fuyez Tyrell. Pourquoi ? Déjà fâchés ?

— Je n'ai rien à dire.

Après avoir marqué une pause, elle ajouta avec une amère ironie :

— Vous connaissez la formule ? « No comment »...

Elle n'aurait jamais cru être amenée un jour à faire ce genre de déclaration...

— Aussi, ne me posez plus de questions, c'est inutile.

C'était compter sans l'insatiable curiosité de Rodney. Lorsqu'il avait décidé de savoir quelque chose, rien ne pouvait l'arrêter. Le respect de la vie privée ? Cela n'existait pas pour lui.

Puisque Déborah refusait de répondre, il décida avec son habileté coutumière d'aborder le problème autrement. Il lui parla des hommes que Mathieu avait fait poster dans le parc de la villa dès son arrivée.

— Chaque fois que quelqu'un faisait une tentative pour entrer, ils se ruaient sur lui avec leurs chiens. Des chiens-loups, vous vous rendez compte ? Plus d'un y a laissé son pantalon !

— Quel spectacle ! J'aurais bien voulu voir ça...

— De quel côté êtes-vous donc ? s'écria-t-il en lui jetant un regard de biais. Ah, les femmes ! Un Don Juan comme ce Tyrell n'a qu'à apparaître, et elles renient tout ce qu'elles ont aimé avant lui... Et moi qui vous prenais pour une professionnelle !

Elle décida d'ignorer sa remarque et reporta son attention sur la route. Elle se sentait lasse tout à coup.

— Où allons-nous ? demanda Rodney. Mais peut-être n'ai-je pas le droit non plus de le savoir ?

— Comment ?

Absorbée dans ses pensées, elle n'avait rien entendu.

— Nous rentrons à Venise ?

— Non, dit-elle en réfléchissant très vite. Il va penser que je me rends à l'aéroport. Emmenez-moi plutôt à Rome.

— Alors, Deb, allez-vous me dire enfin ce qui se passe ? Soyez gentille... Ne me faites pas languir !

— Conduisez, c'est tout ce que je vous demande.

— Quelle égoïste vous êtes !

— Egoïste ?

Elle le regardait, étonnée.

— C'est votre histoire, bien sûr, mais entre amis, je pensais...

— Nous, amis ? Ma conception de l'amitié doit être fort différente de la vôtre !

Elle faillit éclater de rire tant l'expression de Rodney était comique.

— Voyons, dit-il, nous avons travaillé assez longtemps ensemble... Si vous tenez quelque chose de sensationnel sur ce Tyrell, vous pourriez au moins m'en faire profiter ! Je vous ai aidée à vous enfuir, que diable ! Vous me devez bien ça...

— Je ne vous dois rien du tout !

— Un vrai cœur de pierre ! Je l'ai bien dit à Hal : « Ne vous en faites pas pour elle, elle sait se défendre... Avec Tyrell, elle joue au cheval de Troie. Elle va nous revenir avec un article sensationnel ! Je la connais : elle est de glace. Les hommes n'ont pas la moindre chance avec elle ! »

De glace... Déborah frémit au souvenir de ce qu'elle avait éprouvé un peu plus tôt entre les bras de Mathieu. Mais elle se reprit très vite et toisa Rodney d'un regard glacial.

— Je vous remercie du compliment. Vous êtes trop aimable...

Il grimaça un sourire.

— Je savais bien que vous mijotiez quelque chose ! Le vieux Rodney n'est pas né de la dernière pluie...

Si seulement il pouvait se taire... Elle soupira et jeta un

regard dans le rétroviseur. Personne à l'horizon. Pourtant Mathieu avait dû s'apercevoir de sa disparition. Il allait se lancer à sa poursuite.

— Ne ralentissez pas jusqu'à Rome, dit-elle à son chauffeur.

— C'est facile à dire, mais la route est longue ! Nous aurions été plus vite en avion.

— Je vous l'ai dit : dès qu'il va se rendre compte de mon départ, son premier soin va être de faire surveiller l'aéroport. Je ne peux pas prendre ce risque !

— Qu'avez-vous donc découvert de si important ? s'écria brusquement Rodney en tournant la tête vers elle. Allons, Deb, vous ne pouvez pas laisser plus longtemps votre vieil ami sur des charbons ardents !

— Conduisez ! se contenta-t-elle de répliquer, les yeux sur le rétroviseur. S'il nous rattrape, je ne sais pas ce qu'il fera de vous !

La voiture fit un bond, comme propulsée en avant.

— Pourquoi moi ? gémit-il d'un ton plaintif. Je n'y suis pour rien, que je sache... C'est après vous qu'il en a.

Hélas, elle ne le savait que trop bien !... Un frisson la saisit à l'idée que Mathieu puisse la rejoindre. Mais après tout, pourquoi se lancerait-il à sa poursuite ? En s'apercevant qu'elle s'était échappée, peut-être allait-il se contenter de hausser les épaules et penser : « Bon débarras ! » Elle enfouit ses mains glacées dans ses poches. Elles tremblaient. Mathieu allait se lancer à leur poursuite, et elle savait très bien pourquoi. Durant leur promenade dans la montagne, un lien très fort s'était établi entre eux, et la fuite ne suffirait pas à le briser. Elle connaissait la détermination de Mathieu. S'il avait décidé de la retrouver, rien ne l'arrêterait.

10

— Un malentendu ?... Tu oses affirmer qu'il s'agit d'un malentendu ?

Andréa la dévisageait d'un air outré.

— Et ces photos ? Comment les expliques-tu ?

A la vue de son fils Kerry qui s'amusait par terre avec un gros camion jaune, elle baissa le ton.

— Je n'en croyais pas mes yeux ! Ma propre sœur... se conduire ainsi !

Déborah se leva, excédée.

— Puisque je te répète qu'il ne s'est rien passé ! Ces photos sont le résultat d'un malheureux concours de circonstances, voilà tout.

— Oh, pardon, tante Debbie !

Sans le faire exprès, Kerry venait de lui rouler sur les pieds avec son camion.

— Va jouer dehors ! ordonna sa mère sans lever les yeux des légumes qu'elle était en train d'éplucher.

Comme il s'exécutait docilement, elle ajouta à l'adresse de sa sœur :

— Tu comprends, je ne voudrais pas qu'il aille raconter ça aux voisins...

— Alors, n'en parlons plus, cela vaudra mieux !

— Un scandale pareil ! Si je m'attendais à ça de ta part...

A quoi bon épuiser sa salive à se justifier ? Déborah

préféra ne pas répondre. Puisque sa sœur s'obstinait à croire ce que racontaient les journaux...

— Il doit être très séduisant, je suppose, poursuivit cette dernière en lui jetant un regard en coin. A quoi ressemble-t-il ?

— Changeons de sujet, veux-tu ?

Décrire Mathieu Tyrell était au-dessus de ses forces. Le choc était sans doute encore trop récent. A chaque coup de téléphone, elle sursautait. Rodney et elle étaient arrivés à Rome sans encombre, mais elle n'avait vraiment respiré qu'une fois installée dans l'avion en partance pour Londres. Et encore maintenant, elle n'était pas tranquille.

— Pourquoi es-tu si secrète ? lui demanda Andréa d'un ton de reproche. Tu ne me dis jamais rien.

— Evidemment, tu refuses de me croire ! Une bonne fois pour toutes, je te le répète : je ne suis pas la maîtresse de Mathieu Tyrell ! Et sa fiancée, encore moins...

— Déborah !

Elle jeta un coup d'œil en direction de Kerry qui jouait sur le seuil de la porte.

— Je t'en prie, pas devant les enfants !

« Brmm, brmm », faisait le petit garçon en poussant son camion.

— Il n'écoute pas, constata Déborah sans la moindre inquiétude.

— C'est ce qu'on va voir. Ils ont toujours une oreille qui traîne... Kerry ?

— Oui, maman.

Andréa jeta à sa sœur un regard entendu.

— Va donc jouer un peu plus loin !

Celui-ci fit mine de s'éloigner et revint sur ses pas.

— Dis, tante Debbie, tu vas te marier bientôt ? Parce que j'aimerais bien être garçon d'honneur... Mon ami Pierre l'était, lui, quand sa sœur s'est mariée, et il a eu droit à trois parts de gâteau, tu te rends compte ? Et puis, il a manqué une journée d'école. Moi aussi j'aimerais bien manquer une journée d'école...

— Veux-tu te sauver! vitupéra Andréa en le foudroyant du regard. Et ne t'avise pas de revenir avant que je t'appelle!

Après que le petit se soit éclipsé sans demander son reste, elle ferma la porte.

— Je t'avais bien dit qu'il écoutait! Et tu connais les voisins? Ils n'auront aucun scrupule à lui poser des questions! Ce qu'ils ne peuvent pas voir de derrière leurs rideaux, ils le demandent aux enfants...

— Les gens parlent trop, observa Déborah.

Sa sœur mettait de l'eau à chauffer pour le thé.

— Et certains, pas assez... Toi, par exemple. Tu ne m'avais rien dit de ta rupture avec Robert!

La jeune fille tressaillit.

— C'est quelque chose dont je préfère ne pas parler.

— Tu vois? Tu me caches tout! Je suis ta sœur, tout de même! J'ai le droit de savoir.

— Rassure-toi, je ne risque pas de l'oublier...

Andréa prit un air offensé.

— C'est ça! Insulte-moi maintenant! Si je ne m'inquiète pas pour toi, qui le fera? Crois-tu qu'il me soit agréable de savoir que ma sœur fréquente des hommes comme Mathieu Tyrell et se livre avec lui à je ne sais quelles orgies? Robert, lui au moins, était quelqu'un de bien. J'ai beaucoup de sympathie pour lui. Il aurait fait un excellent mari.

— Un mari, lui? Tu veux rire! C'est bien la dernière chose qu'il souhaitait!

Aveuglée par la colère, Déborah ne savait plus ce qu'elle disait.

— Oh! s'écria sa sœur, visiblement outrée. Tu me laisses sans voix!

« Si seulement c'était vrai... » songea la jeune fille en la regardant verser l'eau dans la théière.

Mais déjà Andréa reprenait :

— Tu veux dire que toi et Robert... et maintenant ce dénommé Tyrell... ? Dieu sait que j'ai pourtant l'esprit large, mais ton inconduite me confond ! Et Tom ? Tu imagines ce qu'il va penser ? Et papa ? Quel choc ce sera pour lui !

« Comme j'aimerais m'enfuir loin d'ici ! songea Déborah dans un brusque accès de désespoir. Sans personne pour me dire ce que je dois faire ou ne pas faire... Mais Andréa ne me le pardonnerait jamais ! »

Ah ! La famille... Comme elle pesait lourd parfois ! Sans elle, on se sentirait bien seul, mais en contrepartie, quelle contrainte ! Avoir sans cesse quelqu'un derrière soi à critiquer ses moindres faits et gestes... Un ami se serait montré plus circonspect ; mais comment dire à une sœur qui vous a pratiquement élevée qu'on est assez grande maintenant pour savoir ce qu'on a à faire ? C'était impossible ! Pour Andréa, elle serait toujours la petite sœur... Même avec des cheveux blancs, elle trouverait toujours moyen de lui prodiguer ses conseils. C'était à devenir folle ! Mais, d'un autre côté, quel vide dans sa vie si elle en venait à rompre définitivement avec son aînée...

Celle-ci, devant le mutisme de Déborah, n'avait pas pour autant abandonné la partie.

— Une chose m'intrigue... Si vous n'êtes pas fiancés, pourquoi a-t-il éprouvé le besoin d'en informer officiellement la presse ?

— Je te l'ai dit... Pour déjouer un complot dont il se croyait victime de la part de *Preuve*.

— Je n'en crois pas un mot. Un homme comme lui, faire montre d'aussi peu de bon sens ? Avec la fortune qu'il a ?

Et un tempérament digne du Vésuve... Car lorsque Mathieu laissait éclater sa colère, mieux valait ne pas se trouver sur son chemin ! Mais Déborah renonça à l'expliquer à sa sœur.

— Faut-il qu'il t'ait tourné la tête pour que tu te prêtes à une telle mascarade ! renchérit cette dernière.

La jeune fille se sentit rougir et baissa les yeux. Elle avait peur de se trahir.

— Au fait, Robert a appelé à plusieurs reprises...

A cette nouvelle, Déborah releva vivement la tête.

— Que voulait-il ?

— Savoir ce qui se passait, bien sûr ! Il était aussi étonné que nous tous ici.

« Ça, je n'en doute pas ! » songea la jeune fille. Le moins qu'on puisse dire était que la nouvelle avait dû le prendre au dépourvu... Sans doute avait-il regardé leur aventure d'un tout autre œil. Mathieu n'avait-il pas laissé entendre aux journalistes qu'ils se connaissaient déjà depuis un certain temps ? Quel choc pour Robert, qui se croyait le seul homme de sa vie !

Ce qui, somme toute, ne déplaisait pas à Déborah. Sa fierté s'en trouvait quelque peu réparée...

— Tu devrais lui téléphoner, dit Andréa. Je lui ai promis de te faire la commission dès ton retour.

La jeune fille ne répondit pas. Elle ne rappellerait pas Robert. Dorénavant, il faisait partie du passé. Et cela, grâce à Mathieu. Certes, il était exaspérant, mais il avait au moins eu le mérite de lui faire surmonter ce difficile épisode de sa vie.

— Une grosse voiture vient de s'arrêter devant la grille ! Le monsieur qui en est descendu vient par ici !

Kerry venait de faire irruption dans la pièce, le visage rouge d'excitation.

Le cœur de sa tante fit un bond dans sa poitrine.

— C'est lui !

Elle le savait. Elle l'avait toujours su...

— Dis-lui que je ne suis pas là... que tu ne sais pas où me trouver... lança-t-elle très vite à sa sœur.

— Aurais-tu peur de lui ?

— Il me terrifie !

— Eh bien, moi pas !

La sonnette retentissait déjà dans le hall. Andréa se leva d'un bond comme un guerrier prêt à donner l'assaut.

— Ne le laisse pas entrer ! la supplia sa sœur.

— Compte sur moi !

Deux autres coups de sonnette impérieux résonnèrent à la porte.

— Tu ne le connais pas ! C'est un vrai bulldozer !

— Fais-moi confiance, il ne me passera pas sur le corps.

Tandis que sa mère s'éloignait, plus résolue que jamais, Kerry laissa éclater son admiration.

— Je n'ai jamais vu une si belle voiture ! Elle est rouge, tu te rends compte ? Je parie qu'elle a un klaxon deux tons ! Au fait, tu as vu ma dent ? Je l'ai perdue en mangeant. J'ai cru un moment que je l'avais avalée ! Vivement que je perde l'autre, je pourrai siffler ! Sais-tu siffler, tante Debbie ?

— Oui, répondit machinalement celle-ci.

— Pierre aussi. Siffle-moi un petit air, tante Debbie. Je t'en prie, rien que pour moi !

Déborah, dont l'attention était tout entière concentrée sur le conciliabule qui se déroulait dans l'entrée, baissa les yeux sur son neveu. Avec ses taches de rousseur sur le nez et son visage resplendissant de santé, c'était un adorable petit garçon.

— Que disais-tu ? Désolée, je n'ai pas entendu.

— Siffler... Je te demandais de me siffler quelque chose...

Elle allait s'exécuter lorsque la voix d'Andréa retentit derrière elle.

— Attendez ! Je vous défends d'entrer...

Trop tard. Mathieu était déjà là. La jeune fille crut défaillir. Elle avait oublié combien ses yeux étaient bleus... Instinctivement, elle serra le petit Kerry contre elle.

— De quel droit forcez-vous ma porte ?

La plus vive indignation se peignait sur les traits d'Andréa qui s'interposa entre l'intrus et sa sœur.

Tous les mois, chez vous, vivez la grande aventure de l'amour, avec Harlequin Romantique

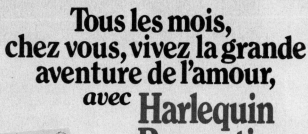

Abonnez-vous et recevez en CADEAU ces 4 romans tendres et émouvants!

Harlequin Romantique
Les neiges de Montdragon
Essie Summers

Harlequin Romantique
Naufrage à Janaleza
Violet Winspear

Harlequin Romantique
Entre dans mon royaume
Elizabeth Hunter

Harlequin Romantique
Un inconnu couleur de rêve
Anne Weale

Que feriez-vous à la place de...

...Sophie?

Un baiser furtif, volé par un bel inconnu, a longtemps inspiré les rêves de Sophie. Mais voilà que l'inconnu revient, en chair et en os. Sophie va-t-elle lui rappeler ce baiser? Pour le savoir, lisez "Un inconnu couleur de rêve", le roman passionnant d'Anne Weale.

...Emily?

"Je ne me marierai jamais" avait-elle toujours affirmé. Mais voilà qu'un homme possessif, jaloux et dominateur croise son chemin. Emily le repoussera-t-elle ou laissera-t-elle se dénouer son destin? Partagez son délicat dilemme en lisant "Entre dans mon royaume", d'Elizabeth Hunter.

...Venna?

"Venna, ne tombez jamais amoureuse...ça fait trop mal." Venna pourra-t-elle suivre ce conseil lorsqu'elle sera recueillie par Roque, le Brésilien aussi dur que son prénom? Laissez-vous envoûter par le climat mystérieux de "Naufrage à Janaleza", de Violet Winspear.

...Pénélope?

"Je serais ravi de vous voir partir." Resteriez-vous auprès d'un homme qui vous parlerait ainsi? Pourtant, Pénélope ne quittera pas Charles. Vous comprendrez pourquoi en partageant ses sentiments les plus intimes dans "Les neiges de Montdragon" d'Essie Summers

S ophie, Émily, Venna, Pénélope...autant de femmes, autant de destins passionnants que vous découvrirez au fil des pages des romans Harlequin Romantique. Et vous pouvez vivre, avec elles et comme elles, la grande aventure de l'amour, sans sortir de chez vous.

Il suffit de vous abonner à Harlequin Romantique. Et vous serez ainsi assurée de ne manquer aucune de ces intrigues passionnantes, et de vivre chaque mois des amours vrais et sincères.

Abonnez-vous dès maintenant à Harlequin Romantique

...la grande aventure de l'amour

- Ne manquez plus jamais un titre.
- Recevez vos volumes dès leur publication.
- Chacun vous est envoyé à la maison, sans frais supplémentaires.
- Les 4 livres-cadeaux sont à vous tout à fait GRATUITEMENT!

Déborah, figée sur place, lâcha son neveu qui commençait à manifester quelques signes d'impatience.

— Enfin je vous retrouve ! grinça Mathieu entre ses dents. Vous pouvez vous vanter de m'avoir fait courir ! Mais vous ne perdez rien pour attendre... Je vais vous infliger la plus belle correction de toute votre vie ! Et tant pis si j'y laisse un bras... Ce ne sera pas pire que ce que je viens d'endurer !

La stupéfaction d'Andréa était manifeste. Son regard allait de l'un à l'autre sans comprendre. Kerry, pour sa part, était aux anges. Subjugué, il ouvrait tout grands ses yeux et ses oreilles.

— Si vous faites un seul pas dans ma direction, déclara Déborah, prête à s'élancer dans le jardin par la porte de derrière, vous le regretterez, je vous le promets !

— Ma sœur n'a pas à vous parler contre son gré, intervint sèchement Andréa. D'ailleurs, je suis ici chez moi, et si vous ne partez pas immédiatement, j'appelle la police !

— L'air de famille est indiscutable..., ironisa Mathieu.

— Que veut-il dire par là ? s'enquit la sœur aînée, pressentant une insulte.

— Rien, ne te mêle pas de ça... répliqua Déborah d'un air las.

— Cela, en effet, vaudrait mieux...

Sa phrase à peine terminée, Mathieu fit un pas en avant.

— Inutile d'insister ! Ma sœur ne veut pas vous voir. D'ailleurs, ce n'est pas une femme pour vous !

— Qu'en savez-vous ? rétorqua-t-il d'une voix sourde. J'ai été malmené par votre sœur, cependant je n'ai pas l'intention de la laisser échapper une seconde fois !

La perplexité d'Andréa ne fit que croître. Sa jeune sœur avait rougi violemment. Que signifiait tout ceci ? En désespoir de cause, elle se tourna vers son fils.

— Va donc jouer dans le jardin, Kerry ! Nous avons à parler…

L'homme qu'elle avait vainement tenté d'éconduire en profita pour s'approcher de Déborah et lui attraper le poignet.

— Je vous tiens !

— Lâchez-moi, ou j'appelle au secours ! Andréa…

Elle eut beau scruter toute la pièce : Andréa avait disparu en même temps que Kerry. Elle entendit Mathieu rire doucement.

— Je vois que votre sœur est quelqu'un de réaliste… Vous devriez prendre exemple sur elle, Déborah. Cela vous éviterait pas mal de mésaventures…

— Je me moque de ce que vous pensez ! Allez-vous-en ! Laissez-moi…

Elle tenta un ultime effort pour se dégager mais ne réussit qu'à se faire emprisonner l'autre poignet. Comme il l'attirait violemment contre lui, elle détourna la tête pour éviter sa bouche. Furieux, il resserra son étreinte.

— Allez-vous vous tenir tranquille ! Vous devriez savoir qu'il n'est pas bon d'attiser ma colère… sous peine de me voir perdre tout contrôle de moi-même. Je n'ai pas traversé l'Europe pour me livrer à ce genre de jeu !

— Et moi ? Croyez-vous que cela m'amuse ?

Pour toute réponse, il l'embrassa sauvagement.

— Non, gémit-elle en se débattant.

Mais, sous la chaleur des lèvres de Mathieu, elle cessa bientôt toute résistance et lui rendit son baiser. Une douce volupté l'envahissait tout entière. Lorqu'il lui lâcha les mains, loin de chercher à s'échapper, elle se serra plus étroitement contre lui. Tout son être vibrait du désir qu'il avait fait naître en elle.

Comme il s'écartait pour mieux la contempler, elle fut frappée par l'intensité du regard bleu qui se posait sur elle. D'une voix sourde, il murmura :

— Si vous avez dans l'idée de me fuir, Déborah,

148

mieux vaudrait y renoncer... Partout où vous iriez — serait-ce au bout du monde — je vous retrouverais !

— Pourquoi cette obstination ? Je ne représente rien pour vous... Une aventure de plus, et alors ? Je me refuse à jouer ce rôle, vous le savez très bien !

Sa voix tremblait car elle n'ignorait pas que Mathieu avait le pouvoir d'entamer sa détermination. Après l'ardent baiser qu'ils venaient d'échanger, elle tenait à peine debout... Qu'adviendrait-il de ses bonnes résolutions s'il recommençait ?

— Ah, vous refusez... Voyez-vous ça !

Il arborait un sourire qu'elle n'aimait pas du tout.

— Parfaitement.

— Vous seriez prête à parier là-dessus ?

— Je ne parie jamais ! Et d'ailleurs, je ne veux plus avoir affaire avec vous !

Effleurant de sa main les cheveux de Déborah, il l'enlaça plus étroitement.

— Même pas ça ?

— Laissez-moi ! dit-elle en se débattant de plus belle.

— Vous laisser ?

La lueur moqueuse qu'elle connaissait si bien avait fait sa réapparition dans les yeux de Mathieu.

— ... Mais il n'en est pas question ! Ni maintenant ni jamais. Au début, je l'avoue, je n'avais rien d'autre en tête qu'une aventure. Avec vos grands yeux verts flamboyants, vous me donniez l'envie de vous conquérir. Mais en l'espace de vingt-quatre heures, tout a changé. Vous avez fondu sur moi comme une avalanche, et depuis je ne suis plus le même.

Le cœur de la jeune fille battait la chamade. Incapable de dire un mot, elle leva sur lui des yeux agrandis par la surprise.

— Nous sommes faits l'un pour l'autre, Déborah... Faits sur mesure ! Et je bénis le misérable qui vous a fait arriver en pleurs à Venise. Sans lui, nous ne nous serions jamais rencontrés. Ce qui n'empêche que j'aurais plaisir à lui mettre mon poing sur la figure avant notre mariage !

— « Notre mariage » ? répéta la jeune fille, interdite.

— Parfaitement. Vous avez bien entendu !

Plus moqueur que jamais, il lui souriait.

— Mais Matt, protesta-t-elle, vous allez beaucoup trop vite ! Je ne suis pas de votre monde et vous n'êtes pas du mien !

— Eh bien, nous nous arrangerons pour n'en faire qu'un ! C'est là votre seule réserve, j'espère !

— Je ne m'y ferai jamais...

— Mais si ! Vous vous adaptez à tout. Souvenez-vous du vison : vous le portiez comme si vous aviez fait ça toute votre vie !

— Oh, Matt...

— Vous raffoliez de ce manteau, avouez-le !

— Il y a tant d'autres choses..., gémit-elle.

— Quelles que soient les difficultés, je me fais fort de les aplanir.

— Si seulement vous n'étiez pas toujours tellement sûr de vous ! clama-t-elle, brusquement excédée.

— Et voilà... Vous recommencez à vous mettre en colère !

— Evidemment ! Vous êtes tyrannique ! Vous n'allez tout de même pas me commander ma vie entière !

— C'est pourtant précisément ce que j'avais l'intention de faire, assura-t-il le plus sérieusement du monde.

Comme elle le voyait se rapprocher dangereusement, elle lança très vite :

— Une décision de ce genre ne se prend pas à la légère.

— Je n'ai pensé qu'à ça ces deux derniers jours !

— Deux jours, ce n'est pas suffisant.

— C'est déjà beaucoup trop à mon gré !

— Mais songez que j'étais amoureuse d'un autre il y a encore une semaine ! jeta-t-elle en désespoir de cause. Que dites-vous de cela ?

Il était si obstiné qu'elle ne savait plus quoi objecter. Et en même temps, elle avait toutes les peines du monde à parler tant son cœur battait vite.

— J'en dis que tout le monde peut commettre des erreurs, répondit-il d'un air désinvolte. Et vous, comme les autres... Pourquoi chercher à le nier ? Vous avez besoin de moi !

— J'ai surtout besoin de temps ! gémit-elle.

— Après notre mariage, vous disposerez de tout le temps nécessaire, promit-il en l'embrassant furtivement dans le cou.

— Matt, allez-vous m'écouter à la fin ?

— Le restant de mes jours, cela vous suffit ?

Il lui mordillait doucement le lobe de l'oreille.

— Vous n'aimeriez pas que je vous épouse par dépit, n'est-ce pas ? risqua-t-elle insidieusement.

— Je ne crois pas que ce soit le cas en ce qui vous concerne, murmura-t-il en promenant ses lèvres sur la joue de la jeune fille. En fait, vous vous figuriez tenir à cet homme, mais c'était faux. Il y a eu, comme on dit, « erreur sur la personne ». Car c'est moi que vous aimez... Qu'il vous faille un certain délai pour l'admettre, je vous le concède, et j'attendrai le temps qu'il faudra. Mais n'essayez pas de m'éloigner, je ne partirai pas.

— Vous êtes l'homme le plus obstiné que j'aie jamais rencontré !

— Pas obstiné, résolu, corrigea-t-il en souriant.

— Obstiné ! insista-t-elle.

— Chérie... dit-il en effleurant ses lèvres.

Après un semblant de résistance, elle capitula lamentablement.

— Voilà qui est mieux...

— Matt ! Ne voyez-vous pas combien tout ceci est ridicule, pour ne pas dire absurde ? Je ne peux pas être amoureuse de vous alors que je sors à peine d'un chagrin d'amour !

— Nous en avons déjà discuté. Votre amour pour

Robert n'était qu'une illusion! Il est survenu à un moment où vous étiez particulièrement vulnérable, et vous avez cru reconnaître en lui l'homme idéal. Mais c'était une fausse image. Conditionnée par votre enfance, vous aviez en fait recherché inconsciemment un substitut de votre père. Lorsque vous avez compris votre erreur, vous avez eu suffisamment de bon sens pour faire la seule chose qui s'imposait : vous éloigner de lui.

— Et alors? soupira-t-elle. Quand bien même...

— Assez argumenté! coupa-t-il d'une voix ferme. Je ne vous laisserai pas compromettre mes chances de bonheur sous prétexte que vous refusez de voir la vérité en face. S'il le faut, Déborah, je vous conduirai à l'autel avec des menottes, mais je vous y conduirai!

— Ne me poussez pas à bout, Matt!

Les yeux verts lançaient des éclairs.

— Si c'est le seul moyen de vous aider à y voir clair, pourquoi pas? lança Mathieu d'un ton de défi. Butée comme vous l'êtes, vous avez besoin d'une main ferme pour vous diriger.

— J'aimerais bien voir ça...

— Vous n'aurez pas longtemps à attendre, lança-t-il en souriant.

Il avait l'air de s'amuser prodigieusement.

— Je vous défends de vous moquer de moi! cria-t-elle.

— Alors, commencez, vous, par me prendre au sérieux!

— Mais ne voyez-vous pas que j'essaie par tous les moyens de vous faire revenir à la raison?

— Comme c'est amusant! Voilà précisément ce que j'essaie de faire avec vous. L'un de nous deux a forcément tort!

— Et naturellement, c'est moi! Comment pouvez-vous être aussi sûr de vous?

— J'ai la réputation d'être un homme sensé et raisonnable, répliqua-t-il avec un calme qui la fit bondir.

— En dehors de vos colères hystériques, probablement !

— Lorsque nous serons mariés, Déborah, j'aimerais assez que vous fassiez preuve d'un peu plus d'indulgence à mon égard...

Cette remarque, faite en souriant et sans animosité, chavira le cœur de la jeune fille.

— Matt... commença-t-elle.

Mais il ne lui laissa pas le temps de poursuivre et lui scella les lèvres d'un baiser. Renonçant à lutter davantage, elle s'abandonna à son étreinte.

Des coups discrets frappés à la porte les interrompirent.

— Ce doit être votre sœur qui vient s'assurer que je ne vous ai pas étranglée... murmura Mathieu avec un sourire de conspirateur.

Andréa passa la tête à la porte et marqua un léger sursaut à la vue du couple enlacé.

— Je venais vous proposer un peu de café, dit-elle avec l'air de quelqu'un qui aurait préféré se trouver ailleurs.

— Un bon whisky me semblerait plus approprié ! rétorqua Mathieu. Demander votre sœur en mariage est pire qu'un combat de boxe en trois rounds !

Devant l'air ébahi d'Andréa, il ajouta d'un air amusé :

— Car elle n'a pas encore dit oui ! Mais je ne désespère pas : à chaque « non », je répondrai par un baiser. Elle finira bien par se lasser...

— La prochaine fois, murmura Déborah sans lever la tête de l'épaule de Mathieu, je fuirai Venise comme la peste !

— Il n'y aura pas de prochaine fois... car je vous tiendrai enchaînée à mon poignet !

— Si vous avez besoin de moi, je suis à la cuisine, lança Andréa un peu sèchement.

Se sentir superflue lui était fort désagréable.

Après son départ, Déborah se sentit soudain plus

détendue. Blottie contre Mathieu sur le sofa, elle leva vers lui un regard partagé entre le doute et la passion.

— Vous avez connu tant de femmes dans votre vie ! Comment pouvez-vous être sûr que ce que vous éprouvez à mon égard n'est pas un feu de paille comme les autres ?

— J'ai une bonne raison : je n'ai jamais éprouvé cela auparavant, dit-il en lui pressant doucement les épaules.

— Ah !... Et pourrais-je savoir en quoi consiste la différence ?

Il éclata de rire.

— Du diable si j'arrive à décrire une chose aussi difficile ! Les autres, je les désirais aussi, bien sûr, mais avec vous, il se passe quelque chose de plus : je saute en un éclair de la colère au rire. En un mot, je me sens vivre ! Moi qui commençais à trouver l'existence monotone, vous m'y avez fait reprendre goût. Toutes ces femmes qui tournaient autour de moi attirées par ma seule fortune...

— Vous êtes trop modeste ! coupa-t-elle avec une ironie amère.

— Vous ne changerez jamais ! s'écria-t-il en éclatant de rire. Mais c'est précisément pour cette raison que je vous aime. Avec vous, la vie est pleine de rebondissements. On ne s'ennuie jamais ! Je n'ai pas compris tout de suite ce qui m'arrivait, mais lorsque je vous ai vue sur le lit avec ce type dont je ne me rappelle même plus le nom, j'ai cru devenir fou !

Il lui lança un regard qui en disait long sur ses tourments.

— ... Au fait, c'est lui qui m'a dit où vous trouver !

— Rodney ? Mais comment avez-vous fait pour le joindre ?

— Je l'ai appelé au bureau du journal à Rome. Je dois dire qu'au début, il n'était pas très fier de m'entendre, mais je l'ai tout de suite rassuré. Sans toutefois lui dissimuler que je n'avais pas du tout apprécié son bref passage à la villa...

« Pauvre Rodney, songea-t-elle. Ce coup de téléphone avait dû lui donner des sueurs froides... »

— Mais, Matt, j'espère que vous ne lui avez pas laissé entendre que vous étiez jaloux de lui ? Le connaissant comme je le connais, il est capable de l'imprimer !

Il la considéra avec une certaine impatience.

— Si vous croyez que j'ai songé à des détails de ce genre ! Je n'avais qu'une seule idée en tête : vous retrouver. Le reste m'importait peu !

— J'imagine d'ici votre humeur... laissa-t-elle tomber avec un soupir que démentait son sourire amusé.

— C'est votre faute ! Vous n'auriez pas dû m'abandonner ainsi...

— Il le fallait.

— Pourquoi ? demanda-t-il d'une voix vibrante de passion. J'avoue que je m'attendais à autre chose. Pourquoi vous être enfuie de la sorte ?

Elle ne put s'empêcher de rougir.

— Parce que vous vous attendiez à autre chose, précisément. J'avais peur de moi-même, peur de ce que je commençais à éprouver pour vous, et à l'idée de passer une nouvelle nuit sous le même toit que vous...

— Je vois que nous avons eu la même idée, alors ! déclara-t-il avec un franc sourire.

— Vous êtes l'homme le plus prétentieux, le plus exaspérant...

Les mots moururent sur ses lèvres. Mathieu venait de l'enlacer si passionnément qu'elle ne put que lui rendre son baiser.

LE SCORPION

(23 octobre-21 novembre)

Signe d'Eau dominé par Pluton : Initiative.

Pierre : Obsidienne.
Métal : Fer.
Mot clé : Création.
Caractéristique : Courage.

Qualités : Puissance, et conscience de la puissance. Charme irrésistible. Les dames du Scorpion sont des ensorceleuses. Elles font fondre les cœurs.

Il lui dira : « Je vous aime, et c'est pour la vie. »

LE SCORPION

(23 octobre-21 novembre)

Indépendantes, elles comptent sur leurs propres talents plutôt que sur ceux des autres. Fières, elles vont pleurer seules quand une épreuve les meurtrit. Intelligentes, elles sont armées pour vaincre... Nous pourrions continuer encore et encore, mais déjà s'est ébauché le portrait des natives du Scorpion.

Deborah n'échappe pas à son signe : pour elle, tout est possible, et sa rencontre avec Matthew le prouve.

Bientôt... la Fête des Mères

Pensez-y...la Fête des Mères, c'est la fête de toutes les femmes, celle de vos amies, la vôtre aussi !

Avez-vous songé qu'un roman **Harlequin** est le cadeau idéal – faites plaisir...Offrez du rêve, de l'aventure, de l'amour, offrez **Harlequin !**

Hâtez-vous !
Dès aujourd'hui, vous trouverez chez votre dépositaire nos nouvelles parutions du mois dans **Collection Harlequin, Harlequin Romantique, Collection Colombine** et **Harlequin Séduction.**

Collection ◆ Harlequin

Commandez les titres que vous n'avez pas eu l'occasion de lire...